Gerlind Lehmann

# HERBSTNACHT

Roman

Für

**Jim**

der immer
mein Traummann sein wird

Und der Schmerz,
etwas aus dem Dunkel des Herzens auszusprechen,
war letztlich noch immer erträglicher als das Leiden,
das der Preis des Schweigens war.

**D.A. Koontz „Dunkle Flüsse des Herzens"**

Es gab Momente, da hatte Markus Baumgartner das Gefühl, er könne es nicht einen Moment länger ertragen. Im Lauf der vergangenen Monate hatte es Zeiten gegeben, in denen er meinte, den Schmerz überwunden zu haben, wenigstens zum grössten Teil. Doch dann gab es wieder Augenblicke, in denen ihn die Trauer schlagartig überfiel und er den Eindruck hatte, alles sei gerade eben erst geschehen.

Es war manchmal der Teil einer Melodie, die sie beide gemocht hatten; er sah in der Stadt einen Wagen, der ihrem glich; oder aber ein Hauch von Annas Parfum wehte an ihm vorbei.

Das waren alles Dinge, mit denen er mehr oder minder fertig wurde. Am schlimmsten jedoch waren die Fragen - die ewigen Fragen nach dem Warum, die er sich immer wieder stellte. Die Bilder, die ihn in den endlosen Nächten quälten.

Es half ihm wenig, dass alle ihm sagten, es wäre ein Unfall gewesen. Er wusste es besser. Mit dieser Schuld, versagt zu haben, würde er leben müssen und es würde nicht besser werden. Ein Teil von ihm fand es deswegen nur gerecht, mit Vorwürfen und Ängsten weiterleben zu müssen. Der andere Teil seines Wesens verlangte nach einem Ende, nach Ruhe und nach Ertragenkönnen.

Er sehnte sich danach, von jemandem in die Arme genommen und wie ein Kind getröstet zu werden, und wusste im gleichen Augenblick, dass er das nie zulassen würde.

\*\*\*

Die Hamburger Innenstadt war festlich geschmückt, das „Alsterhaus" strahlte mit seinen Lich-
terketten, und bald würde die Weihnachtshektik ausbrechen.

Julia Neuhaus war auch an diesem Tag schon um
7.00 Uhr in den Laden gefahren. Die am Vortag gelie-
ferte Ware musste ausgepackt und ausgepreist werden. Der Verkauf lief so gut, dass sie jeden Tag nach-
ordern musste.

Eigentlich öffnete der kleine Laden mit dem Mo-
dernen Antiquariat erst um 9.30 Uhr. Aber Julia hatte
gern Ruhe bei der Arbeit. Um kurz nach 9.00 Uhr war
sie dann auch mit allem fertig. Sie zog ihren Lieb-
lingshosenanzug an und packte die alten Sachen, die
sie zum Aufräumen trug, für den nächsten Tag beiseite. Dann ging sie zur Bank, das Wechselgeld holen.

Als gegen 12.00 Uhr ein Lieferwagen vor dem Laden hielt, dachte sie sich zunächst nichts dabei. Erst
als der Mitarbeiter vor ihr stand und sagte: „Ich brin-
ge die Ware vom Lexikon-Verlag", stockte ihr der
Atem. Auf diese Bestellung wartete sie schon lange,
aber musste die nun gerade heute kommen?

Drei Paletten mit insgesamt sechzig Schubern, in
jedem 24 Bände des Taschenbuch-Lexikons - wo war
dafür noch Platz?

„Können Sie die Paletten draussen abstellen?"
fragte sie den Lieferanten.

„Unmöglich, die Paletten muss ich sofort wieder
mitnehmen. Sie wissen doch selbst, was im Weih-
nachtsgeschäft los ist."

„Bitte, dann geben Sie mir doch wenigstens eine
Stunde. Ich muss erst einmal Platz machen für die

neue Ware. Ausserdem bin ich alleine, und habe somit keine Hilfe beim Abladen."

„Na, gut", räumte er ein. „Ich muss sowieso noch einen anderen Laden, in den Grossen Bleichen, beliefern. Um 14.00 Uhr?"

„Ja, vielen Dank!"

Julia zog sich schnell wieder um. Zum Glück war es um die Mittagszeit ruhig im Laden. Ihre Pause würde sie wohl heute gänzlich ausfallen lassen müssen. Sechzig Schuber,und einer wog fünfzehn Pfund - das war eine Knochenarbeit. Zwischendurch dachte sie, ihre Bandscheiben würden sich nun für immer aus ihrem Leben verabschieden, aber sie taten es nicht.

Als Julia fertig war, verlangte ihr Körper dringend nach einer Dusche. Aber mehr als ein kleines Waschbecken war in dem Laden nicht vorhanden. Sie erinnerte sich, wie sie sogar *darum* erbittert mit dem Eigentümer der Geschäftskette gestritten hatte. Als sie hier angefangen hatte, gab es weder Toilette noch Waschgelegenheit. Jedesmal musste erst jemand aus dem Hauptgeschäft von schräg gegenüber herüberkommen und sie ablösen.

Jetzt wusch sie sich schnell ein bisschen, zog den Hosenanzug wieder an und kämmte sich. Trotzdem fand sie sich im Spiegel unmöglich. 'Du siehst aus, als hättest du einen Langlauf hinter dir', dachte sie. 'Aber, was soll's, der Mann deiner Träume wird schon nicht gerade heute vorbeikommen.'

Der Gedanke war noch nicht vollständig aus ihrem Kopf, als genau das passierte.

***

Markus Baumgartner ging langsam durch die Strassen. Er hasste dieses Weihnachtsgetümmel, das Gedränge und die Menschenmassen. Am liebsten wäre er weit weg gewesen, irgendwo, wo es jetzt warm war. Schon die langen, dunklen Abende des Winters deprimierten ihn, aber um die Weihnachtszeit herum war es immer am schlimmsten. Drei Jahre war es jetzt her und er hatte noch nicht wieder richtig ins Leben zurückgefunden. Manchmal fragte er sich, ob ihm das je gelingen würde.

'Fahr' nach Fuhlsbüttel, buch' einen Flug in den Süden. Egal, wohin', dachte er, und die Versuchung war gross. Sonne und Hitze, Vergessen und Abstand finden. Doch dann dachte er daran, dass er das Cornelia nicht antun konnte. Seit Wochen bereitete sie das Fest vor. Deshalb war er auch von daheim geflohen. Ihn nervte das alles - aber das konnte er seiner Tochter natürlich nicht sagen. Ausserdem konnte man vor seinen Gedanken und den Bildern, die einen nicht losliessen, sowieso nicht fliehen. Das hatte er schon erfolglos versucht.

So in Gedanken versunken, spazierte Markus durch den Neuen Wall. Da fiel sein Blick auf eine Reihe von Bildbänden französischer Expressionisten in einem Schaufenster. Als er nach oben sah, las er das „Modernes Antiquariat" - Schild. 'Vielleicht ist das etwas für Cornelia', dachte er und betrat den Laden.

Julia bediente gerade eine andere Kundin, als sie seinen Gruss erwiderte und ihm zurief: „Einen kleinen Moment bitte, ich komme sofort zu Ihnen."

Als die Kundin den Laden verlassen hatte, ging Julia zu Markus und fragte: „Und was kann ich für Sie tun?"

Er schaute von dem Bildband auf, den er gerade in der Hand hielt, lächelte und sagte: „Ich glaube, ich habe gefunden, was ich wollte."

Nun brauchte es ja nicht lange, diesen Satz auszusprechen. Aber die Zeit reichte, um Julia völlig zu verwirren. Ihr wurde heiss und kalt und sie merkte, dass sie sich wirklich ernsthaft zusammenreissen musste, ihm eine halbwegs intelligente Antwort zu geben. Der Mann sah ja einfach toll aus! Wunderschöne, fast schwarze Augen, mit unzähligen Lachfältchen, ein schöner Mund - und dann dieses Lächeln. Julia fragte sich einen Moment, ob sie vielleicht ohnmächtig werden sollte.

'Jetzt reiss dich aber mal zusammen! Du bist nicht mehr 15', schalt sie sich. 'Wir sind doch hier nicht in einem Kitschfilm!'

„Soll ich Ihnen das Buch als Geschenk einpacken?" brachte sie gerade noch heraus. „Ja, gern", antwortete Markus.

Während Julia den Band mit ziemlich zittrigen Händen in das Papier einwickelte, überschlugen sich ihre Gedanken: 'Lass dir was einfallen. Denk dran, was du mit Janet abgemacht hast. Du kannst ihn nicht einfach so gehen lassen. Du wirst ihn nie wiedersehen. *Mach was!*'

„Kann ich Ihnen vielleicht noch etwas anderes zeigen? Wir haben auch sehr schöne Bildbände über verschiedene Länder."

„Warum nicht", entgegnete Markus, dem gerade eingefallen war, dass er ja auch Geschenke für seine ehemaligen Kollegen brauchte.

Während ihm Julia die Bücher zeigte, sah sie, dass er einen Trauring trug. 'Na klasse', dachte sie bitter, 'das war ja wieder klar.' Sie hörte richtig die Stimme ihres Vaters, der ihr wieder und wieder gesagt hatte, dass man sein eigenes Glück nicht auf dem Unglück anderer aufbauen sollte, und verheiratete Männer deshalb tabu seien. Immer hatte sie sich daran gehalten. Oft hatte sie den Satz verflucht, aber sich dagegen aufzulehnen, hatte sie bisher nicht gewagt. 'Es ist doch erschreckend, wie uns unsere Erziehung prägt', dachte sie, und dann zum ersten Mal: 'Warum eigentlich? Ich bin erwachsen. Ich mach', was *ich* für richtig halte!'

„Haben Sie etwas gefunden, dass Ihnen zusagt?" fragte sie ihn jetzt. Markus nickte: „Ja, aber ich brauche von allen acht Titeln ein Exemplar, auch jeweils als Geschenk verpackt. Lässt sich das machen?"

„Aber natürlich. Am besten wäre es dann allerdings, Sie kämen noch einmal wieder. In einer Stunde? Ist Ihnen das recht?"

„Dann lieber morgen, einverstanden?"

„Natürlich, sicher." Und innerlich jubelte sie: 'Super!'

Julia nahm sich vor, sofort am Abend Janet anzurufen. Sie musste ihr einen Tip geben, wie wie sich weiter verhalten sollte.

Markus verliess das Antiquariat in gelöster Stimmung. Jetzt ging es ihm besser als vorhin, und er wusste, dass das nicht nur mit den Einkäufen zu tun hatte. Die Nervosität der jungen Frau war ihm aufgefallen und hatte ihn amüsiert. Er hätte nicht gedacht, noch jemals in seinem Leben so eine Reaktion bei einer Frau hervorzurufen, noch dazu bei einer so jungen.

Er lächelte leise vor sich, als er langsam weiterging.

***

„Janet, ein Glück bist du zu Hause. Hast du Zeit?"

„Aber immer. Was ist los?"

„Ich muss dir was total Irres erzählen. Ich glaube, ich habe heute meinen Traummann getroffen."

„WAS? Du? Ich dachte immer, so ein Mann müsste erst gebacken werden."

„Ach, Quatsch, hör auf", lachte Julia. „Hör lieber zu: Er kam heute in meinen Laden. Natürlich sah ich aus wie Lieschen Müller am Waschtag. Hatte gerade sechzig Lexika-Gewichte im Laden gestapelt. Und wie ich mich noch im Spiegel anschaue, hochrot im Gesicht, nichts mehr vom Make-up zu sehen, und die Haare wie nach einem Wirbelsturm, kam er herein. Ich hab's erst gar nicht mitbekommen, aber als er dann vor mir stand ... Netti, Toll!"

„Geht's vielleicht 'n bisschen konkreter?"

„Aber sicher. In Bruchteilen von Sekunden hatte ich alles registriert. Also, hör zu: er ist ein bisschen über einen Meter achtzig gross, vielleicht vier, fünf Zentimeter grösser als ich. Brünetter Typ, fast schwarze Augen, dunkles Haar, gebräunte Haut, die aber nicht wie Solarium aussieht, sondern wie echt. Ein schöner Mund, sinnlich. Ein markantes Kinn. Schöne Hände. Um die Augen ganz viele Lachfältchen, genau wie ich's mag. Je mehr, desto besser. Also kurzum - die reine Verzückung!"

„Warst du es nicht, Julia Neuhaus, die mir schon hunderttausendmal gesagt hat, man soll einen Menschen nicht nach Äusserlichkeiten beurteilen? Stimmts, oder hab ich recht?"

„Jaaah, hast du. Aber bei ihm ist es anders. Er hat auch eine ganz phantastische Stimme. Meine Nackenhaare stellten sich alle hoch. Wäre ich eine Katze, hätte ich wahrscheinlich geschnurrt."

„Na, da haben wir ja noch mal Glück gehabt, dass du keine bist. - Und, wie alt ist er? Oder muss ich das nicht fragen - genau richtig?"

„Genau richtig!"

„Seht Ihr Euch wieder? Hast du an unsere Abmachung gedacht?"

„Ja, hab ich. Mir wird jetzt noch schlecht, wenn ich an Tequila nur denke. Aber weisst du, in der Theorie sieht alles so einfach aus..."

„Ach, nee. Hast du nicht nach dem sechsten Glas gemeint, das wäre doch alles ein Kinderspiel?"

„Ja, weil der Alkohol mein Grosshirn erreicht hatte. Ich kann mir aber morgen schlecht einen antrinken, wenn ich ihn fragen will."

„Warum nicht? Wär doch mal was Neues!"

„Tolle Idee - und so hilfreich!"

„Ganz im Ernst, was willst du also machen?"

„Hätte ich dich angerufen, wenn ich das wüsste?"

„Danke für die Blumen. Hör zu, ich lass mir was einfallen. Ich ruf dich gleich zurück."

„Okay, danke."

Während sie auf den Rückruf wartete, dachte Julia noch einmal an den Abend mit Janet. Sie waren mexikanisch essen gegangen, und hatten dann begonnen, Tequila zu trinken. Mit Salz auf der Hand und der unvermeidlichen Zitronenscheibe. Sie hatten geredet und getrunken und geredet und getrunken. Jedesmal, wenn die Gläser leer waren, beschlossen sie, beim nächsten Mal den Tequila pur zu trinken. Doch kam dann die neue Runde, fingen sie wieder mit dem Salz an. Irgendwann hatte Julia aufgehört zu zählen. Jedenfalls hatten sie an diesem Abend beschlossen, dass, wenn eine von ihnen einen Mann treffen würde, der ihr gefiel, sie ihn ansprechen und fragen sollte, ob er mit ihr einen Kaffee trinken gehen würde.

Beide hatten mit Männern einiges Pech gehabt, und die Auswahl nahm beängstigend ab. Entweder die Typen waren verheiratet, ziemlich behämmert oder schwul. Janet war 34 und fand, dass es Zeit wurde, eine Familie zu gründen. Auch Julia wünschte sich sehnlichst ein Baby, aber sie wollte einen Papi dazu. Vielleicht hatte sie ihn ja gefunden?

'Ach hör doch auf, du spinnst ja! Du hast den Mann nur ein paar Minuten gesehen - und ausserdem: er ist *verheiratet*!!!' dachte sie gerade, als das Telefon klingelte. Janet: „Hast du noch deine witzigen Visitenkarten, die mit dem roten Bücherwurm mit Brille?"

„Ja, klar", antwortete Julia.

„Dann schreib hinten drauf: 'Vielleicht gehen wir ja mal einen Kaffee trinken?', steck sie in einen Umschlag und gib ihm den morgen. Dann wirst du ja sehen, was passiert."

„Meinst du wirklich, dass das klappt?"

„Versuch's halt. Im schlimmsten Fall wird er sich nicht melden. Also, was hast du zu verlieren?"

„Stimmt. Okay, ich versuch's. Dank dir - ich ruf morgen wieder an."

„Ja, das will ich doch hoffen. Machs gut. Und schlaf gut, falls du es überhaupt kannst."

„Mal sehen, also tschüss."

\*\*\*

Julia war im Dezember 1989 das erste Mal in Hamburg gewesen.

Als in der Nacht des 9. November 1989 die deutsch-deutsche Grenze endlich Geschichte wurde, lag sie nichtsahnend in ihrem Bett und schlief. Sie wollte am nächsten Tag mit ihren Eltern nach Mannheim fahren, zum 83. Geburtstag ihrer Oma - und es sollte das erste Mal sein, dass Julia mitdurfte. Anfang Oktober hatte sie bei der Volkspolizei ein Visum beantragt. Dann vergingen vier Wochen voller Hoffen und Bangen. Würden sie sie wirklich fahren lassen? Zusammen mit den Eltern?

Am 31. Oktober bekam sie dann auch wirklich einen Reisepass und ein „Visum - gültig zur einmaligen Ausreise nach der BRD für 12 Tage."

Der Weg in die Freiheit kostete 5.- Mark Verwaltungsgebühr.

„Wir hatten vereinbart, dass ich um 4.30 Uhr in die elterliche Wohnung kommen sollte", schrieb sie in ihr Tagebuch. „Robert würde uns dann nach Berlin zum Zug fahren.

Als ich zuhause ankomme, rennt Papi ziemlich kopflos durch die Wohnung.

„Wir müssen sofort losfahren. Die Grenze ist offen. Da finden wir nie einen Parkplatz, da ist jetzt die Hölle los."

'Oh, nee', denke ich. 'Da können die ja jetzt alle fahren ...'

So schnell hat sich ein Privileg in Luft aufgelöst.

Im Auto erfahre ich dann die Einzelheiten. Mehr oder minder durch eine fehlinterpretierte Information von einem Politiker namens Schabowski waren die DDR-Leute zu den Grenzübergängen gestürzt, und das erste Mal in der Geschichte der Mauer hatte sie niemand ernsthaft aufgehalten.

Jetzt waren also die Grenzen offen. Die Frage, die jedoch alle bewegt, lautet: „Aber wie lange?"

Als wir in der Friedrichstrasse ankommen, ist dort wirklich die Hölle los. Vor dem „Haus der Tränen" stehen die Menschen in Dreierreihen. Papi hat die Idee, den Diplomateneingang zu benutzen, sonst würden wir den Zug nach Frankfurt/Main verpassen. Keiner der Uniformierten hält uns auf - es ist wirklich nicht zu fassen! Plötzlich stehe ich auf einem Bahnsteig, vor mir auf dem Boden eine dicke weisse Linie, und auf der anderen Seite fährt eine S-Bahn ein, an der steht „Wannsee" (!) als Zielort.

Über Lautsprecher werden wir informiert, auf keinen Fall die weisse Linie übertreten zu dürfen. Transportpolizisten laufen mit Hunden die einzelnen Waggons ab. Ich weiss wieder, wo ich bin, obwohl das Ganze nur noch wie eine Farce wirkt.

Dann endlich gehts los. Wir haben ein ganzes Abteil für uns. Als der Zug langsam über den Potsdamer Platz fährt, sehe ich in einer langen Kurve plötzlich echte Leuchtreklame. Der Benz-Stern strahlt in der Morgendämmerung, und ich weiss: jetzt haben wir es wirklich geschafft.

Im Bahnhof Zoo erste Bekanntschaft mit einer anderen Welt: Bahnhof tip-top, beige gekachelt, pieksauber. Ein Wahnsinns-Zeitungsladen, hier hätte ich schon bleiben können. ICH (!!!) kaufe einen „Stern", ein „Readers Digest" und echtes West-Kaugummi!

Langsam wird es hell. Wir fahren durch Berlin. Ich sehe den Grunewald!

Dann kommt ein Kellner vorbei. Papi fragt nach Kaffee. Ich habe schon die Mitropa-Antwort im Ohr („is' aus"), da sagt er doch: „Möchten Sie ihn gleich? Ich komme sonst in zehn Minuten sowieso hier vorbei."

Wahnsinn!!! Ideologisch unfasslich! Oder, wie Papi sagen würde: „Systembedingt." Das Tolle ist, dass wir alles mit unserem Geld bezahlen können - was immer wir auch bestellen. So mampfen wir uns durch leckere Würstchen, und ich trinke die erste, heissersehnte Coke - diesmal noch mit einem Strohhalm.

Eigentlich trinke ich die ganze Zeit Coke, und seit der zweiten auch direkt aus der Dose, was Mutti natürlich widerlich, ich aber echt cool finde. Apropos Mutti, nach unserem Frühstück verteile ich Kaugummi - und prompt verliert meine Mutter ihren Stiftzahn. Klasse, kaum im Westen und schon Zahnausfall! Aber daraus wird kein Problem gemacht.

Irgendwie scheine ich eine Erkältung zu kriegen, und schlafe mich deshalb durch die DDR (die kenne ich ja schliesslich). Ein Gleisbruch verhilft uns zu einer Stunde Verspätung. Deutsche Reichsbahn - Dein Risiko.

Dann die Grenze: alles ziemlich deprimierend: breite rote Sandstreifen und Zäune durchbrechen radikal Wege und Felder. Bebra - nette Zöllner, hüben wie drüben, und der Bahnhof sieht aus wie gestern eingeweiht.

Jetzt bin ich also in der Bundesrepublik Deutschland!

Es gibt Dinge, die, ob positiv oder negativ, einfach das menschliche Fassungsvermögen übersteigen. Es wird mir die ganze Zeit in diesem Land so gehen. Ich kann nicht fassen, dass ich da bin, aber auch, was ich sehe.

Besonders beeindruckend: die kleinste Kleinigkeit ist hier durchdacht und wird mit Überlegung gemacht.

Berlin - Halle - Erfurt - Bebra - Frankfurt/Main. Ich bin wirklich hier!

Schon der Bahnhof ist eine Wucht. Kopfbahnhof wie Leipzig, aber kein Vergleich. Alles sauber, riesig, bunt, leuchtend, glitzernd. Grosse Stände laden zum Kauf ein - phantastisch!

Alle Beamten in Uniform, mit Oberhemd und Krawatte. Hier ist es was, Beamter zu sein. Und wieder alles durchdacht: die Bahnsteige z.B. sind in Abschnitte wie A,B,C,D,E unterteilt, zur besseren Orientierung für die angesagte Wagenfolge. Im Inforaum der Bundesbahn steht eine riesige Tafel mit ganz vielen kleinen Faltblättern. Für jede Verbindung ab Frankfurt/Main gibt es so ein Blättchen: Anschlüsse, Ankuftszeiten, Serviceleistungen - toll! Und die Züge hier sind auch pünktlich!

Steigen in einen Intercity. Teppichboden im Zug - der totale Hammer!!!

Man sitzt wie in einem Jet: getönte Scheiben, grosse Sitze. Schon wieder ein Kellner, mit Esswagen und Glöckchen. Das „Züglein" rast mit 140 Stundenkilometern durch die Landschaft. Vierzig Minuten später sind wir in Mannheim. Vor dem Bahnhof stehen lauter Mercedes-Taxen. Eine bringt uns zu Omi.

Grosse Begrüssung, und in Omis Küche übermannt es mich dann und ich kriege das grosse Heulen. Seit zehn Jahren habe ich auf diesen Moment gewartet, und eigentlich nie ernsthaft gedacht, dass es wirklich klappen würde.

Später gehe ich mit Papi Getränke holen. Starre wie blöd die tollen Auslagen in den Geschäften an. Überall stehen grosse Aufsteller mit Reklame. Alles ist pieksauber. Der Getränkeladen überwältigt durch sein Angebot.

Bin zehn Minuten beschäftigt, mich allein zwischen sechs Sorten Sauerkirschsaft zu entscheiden. ..." und später:

„Gestern war ich in München. Eine wunderschöne Stadt. Alle sind sehr nett, obwohl sie so einen merkwürdigen Dialekt sprechen, den ich kaum

verstehe. Das absolut Grösste: eine dreistöckige (!!!) Buchhandlung, „Hugendubel" mit Namen. So etwas habe ich noch nie gesehen. Da gibt es eine ganze Kinderbuch*abteilung*, eine Taschenbuch*abteilung* usw. Ich kann es nicht glauben. Packe Bücher ein, wieder aus. Sophie geht nach zwanzig Minuten hinaus, sie kann es nicht mehr ertragen und meint, sie würde draussen warten. Fast eine Stunde halte ich mich in diesem Gebäude auf, dann ist mein Korb voll und die 100.- DM Begrüssungsgeld in der Kasse des Hauses. [...]
Heute habe ich das erste Mal in meinem Leben die Alpen gesehen. Beängstigend gross, aber wunderschön!
Jetzt sind wir im Allgäu, in Pfronten. Schönes Städtchen, mit unglaublich vielen Kirchen. Aber wir sind ja auch in Bayern. Direkt vor unserem Haus ragt der Breitenberg in die Höhe. Ich könnte hier im Winter keine Nacht ruhig schlafen. Wenn nun eine Lawine kommt ... aber wahrscheinlich ist das alles Gewöhnungssache.
Morgen fahren wir mit Paul nach Innsbruck. Eigentlich dürfen wir ja mit unseren Pässen die Bundesrepublik nicht verlassen, aber Paul meint, dass es sowieso keine Kontrollen gäbe. Eine Grenze, ohne Schlagbaum, ohne Kontrolle, ohne Stempel - kann ich mir kaum vorstellen. [...]
Es war, wie er gesagt hat. Es hat keinen Menschen interessiert, dass wir nach Österreich gefahren sind. An der Strasse steht ein kleines Grenzhäuschen, das ist alles!!! Wenn du durch

den Wald läufst, merkst du wahrscheinlich nicht
mal, wann du österreichischen Boden betrittst.
Es lebe die Freiheit!!!

Nach dieser zwölftägigen Reise kehrte die Familie
in die Heimat zurück. Julias Bruder, der ihnen ins
Allgäu nachgereist war, erzählte, was sich in der DDR
abspielte. Fast niemand war am 10. November bei der
Arbeit, wenigstens nicht im berlinnahen Raum. Alle
waren in den Westen gefahren, vor allem auch, weil
niemand wusste, wie lange dieser Zustand anhalten
und ob die Regierung nicht vielleicht doch wieder die
Mauer dicht machen würde. Also wollten sich alle
schnell noch ansehen, wie der andere Teil Berlins
bzw. Deutschlands aussah. Doch die Grenzen blieben
offen - für immer.

Julias grosser Traum, endlich Hamburg zu sehen,
erfüllte sich Anfang Dezember. Die restlichen Tage
ihres Jahresurlaubs verbrachte sie bei ihrer anderen
Oma, die in der Hansestadt wohnte. Sie lud Julia ein
paar Tage zu sich ein. Damit war der Grundstein für
einen späteren Umzug gelegt. Julia verlor sofort ihr
Herz an diese Stadt.

Als sich im Krankenhaus abzeichnete, dass die
Bibliothek, die sie leitete, geschlossen werden würde,
weil plötzlich alles nur noch nach Verlust und Ge-
winn berechnet wurde, kündigte sie. Beim Norddeutschen Verleger- und Buchhändlerverband bewarb sie
sich um eine Stelle. Der Verband leitetete ihr Anlie-
gen weiter, und das zweite Vorstellungsgespräch
wurde ein Erfolg. Am 1. Oktober 1990 begann Julia
ihre Arbeit am Neuen Wall. Es dauerte nicht lange,

und die Geschäftsführerin bot ihr im Auftrag des Besitzers an, das Moderne Antiquariat in eigener Verantwortung zu leiten.

Das tat sie jetzt seit nunmehr neun Jahren.

Doch an diesem Morgen war alles anders als sonst. Julia schüttete sich den Tee auf ihren Rock; ihre Haare wollten heute überhaupt nicht sitzen; beim Aussteigen aus der U-Bahn zog sie sich eine Laufmasche und die ganze Zeit war sie total hippelig. Gestern abend hatte sie acht Visitenkarten verschrieben, bis ihre Schrift nicht mehr so zittrig, sondern schön geschwungen wie immer ausfiel. 'Du benimmst dich wie ein Teenager', dachte sie.

Bald jedoch hatte sich ihre Unruhe etwas gelegt, dafür war einfach zuviel zu tun, das ihr Konzentration abverlangte.

Wie an den anderen Dezembertagen, strömten auch heute die Kunden unaufhörlich in den Laden.

Als Markus am frühen Nachmittag das Geschäft betrat, bemerkte Julia ihn nicht gleich. Sie stand auf einer Leiter, um Ware aus dem obersten Fach zu holen. Der Bildband war ziemlich schwer, und sie musste aufpassen, dass er ihr nicht aus der Hand fiel. Der Kunde stand seelenruhig daneben. Markus ärgerte, was er sah. Deshalb trat er neben die Leiter, nahm Julia den Band aus der Hand und sagte: „Ich helfe Ihnen".

„Vielen Dank", antwortete sie überrascht und dachte: 'Na toll, und wie seh' ich wieder aus?'

Als der andere Kunde den Laden verlassen hatte, waren sie allein im Geschäft. Julia reichte Markus eine grosse Tüte.

„Ich habe überall einen kleinen Zettel mit dem Namen des Landes dazugelegt", sagte sie. „Dann sehen Sie gleich, was wo drin ist." Markus bedankte sich, ohne einen Blick in die Tüte zu werfen. So entging ihm auch vorerst der kleine Umschlag, der zwischen zwei Büchern lag. Er bezahlte, lächelte sie an, und verliess den Laden. Julia dachte: 'Ich liebe dieses Lächeln jetzt schon', und einen Moment später: 'Mal sehen, was nun passiert.'

***

Es passierte gar nichts.

Mehr als zwei Wochen waren inzwischen vergangen. Julia hatte jeden Tag gehofft, dass er sich melden würde. Bei jedem Klingeln des Telefons meinte sie, er wäre es. Doch je mehr Zeit verstrich, desto trauriger wurde sie. Was hatte sie eigentlich erwartet? Er war schliesslich verheiratet.

Als sie dann wieder mit Janet in ihrer gemeinsamen Stammkneipe sass, diskutierten sie das Problem.

„Vielleicht war die Karte ein Fehler, vielleicht hättest du ihn einfach ansprechen sollen", sagte Janet.

„Auf keinen Fall, das ich ich mich erstens überhaupt nicht getraut und zweitens finde ich das ziemlich plump."

„Aber so ist gar nichts dabei herausgekommen."

„Ja, leider. Womit wir wieder ganz am Anfang wären."

„Vielleicht kommt er ja irgendwann nochmal in den Laden."

„Na, das wäre ja richtig peinlich. Ich seh mich schon rot werden und am liebsten im Erdboden versinken wollen."

„Okay, leuchtet ein. Komm, vergiss es. Es hat nicht sollen sein, würde meine Oma jetzt sagen."

„Klasse, ist ja ein toller Trost" sagte Julia ironisch.

„Sei doch nicht so sauer. Was ist denn los? Du steckst das doch sonst leichter weg."

„Na so viele Gelegenheiten gab's ja nun auch nicht. Aber ehrlich: diesmal ist es irgendwie anders. Es hätte so schön sein können. Er passte genau zu den Bildern in meinem Kopf, die ich seit Jahren mit mir rumschleppe - weisst du ja - und von denen ich oft dachte, dass es so einen Mann sowieso nicht geben wird. Du denkst ja auch, der müsste erst noch gebacken werden."

„Mann, das war doch nur 'n Scherz! Jetzt werd' mir bloss nicht trübsinig. Lass uns noch einen Wein bestellen und dann reden wir von etwas anderem, einverstanden."

„Jaja, schon gut."

***

Ungefähr zur gleichen Zeit sass Markus Baumgartner mit seinen Freunden und ehemaligen Kollegen in ihrem Lieblingsrestaurant an der Alster. Sie hatten sich zur alljährlichen Weihnachtsfeier getroffen. Markus genoss sichtlich die laute und witzige Runde. Er war froh gewesen, herkommen zu können. Gerade wurden die Geschenke verteilt.

Als Markus an der Reihe war, holte er die Tüte unter dem Tisch hervor. Er tat so, als wüsste er überhaupt nicht, was darin sei. Beim Auspacken entfernte er vorsichtig die kleinen Zettel, und dachte daran, wie ihn diese umsichtige Geste der Buchhändlerin gefreut hatte. "So, dann wollen wir doch mal gucken", sagte er und holte das erste Buch hervor. „Herbert, das ist für dich", sagte er und gab seinem Freund den Bildband.

Als nur noch zwei Bücher in der Tüte lagen, fiel ihm der Umschlag in die Hände. Etwas verwundert legte er ihn neben seinen Teller.

Dann waren alle Bücher verteilt, seine Freunde bedankten sich und Jürgen fragte: „Woher wusstest du, was in jedem Päckchen war? Die sehen doch alle gleich aus."

„Das ist mein grosses Geheimnis", erwiderte Markus und lächelte.

„Kannst du inzwischen zaubern?"

„Möglicherweise?"

Jürgen, der neben Markus sass, nahm sich den Umschlag und sagte: „Vielleicht kann ich das Geheimnis lüften." Dann öffnete er das Kuvert. Heraus fiel eine kleine Visitenkarte.

Jürgen las sie und lachte. „Unser Freund Markus hat eine Eroberung gemacht. Deshalb gab's dieses Jahr Bücher für alle." Er reichte die Karte herum. Alle lachten. Markus verstand nichts, bis er Julias Kärtchen in die Hände bekam.

Er ärgerte sich, dass er nicht schon vorher in die Tüte geschaut hatte. Er wollte den Umschlag wortlos weglegen. Doch das liessen die Männer nicht zu.

„Und, gehst du mit ihr einen Kaffee trinken?" fragte Herbert.

„Keine Ahnung." Markus hatte keine Lust, das hier und jetzt zu diskutieren. Er wusste selbst nicht, was er von dieser Einladung halten sollte.

Die Gespräche wandten sich anderen Themen zu.

Als er sich sicher sein konnte, dass keiner der anderen zuhörte, sagte Jürgen leise zu Markus: „Du solltest die Einladung annehmen." Er legte seine Hand auf Markus' Schulter.

„Es würde dir gut tun."

„Meinst du wirklich?"

„Ja, alter Freund, das meine ich wirklich. Es wird Zeit, dass du wieder auf andere Gedanken kommst."

„War es so schlimm?"

„Ich kenne dich halt lange genug. Die anderen werden nicht viel gemerkt haben. Du hattest dich immer in der Gewalt. Und ich weiss, wieviel Kraft sowas kostet, das kannst du mir glauben."

„Aber ..."

„Kein Aber, lade sie auf einen Kaffee ein, oder ein Glas Wein - was auch immer. Aber tu es."

„Aber die Karte ist mindestens vierzehn Tage alt. Ich habe die Sachen schon Anfang Dezember gekauft."

„Na, und. Dann hast du sie eben erst jetzt gefunden. Stimmt ja auch. Das kannst du ihr doch dann erzählen. Und wenn sie dich wirklich ernsthaft kennenlernen möchte, wird sie sich freuen, dass du überhaupt noch reagierst."

„Ich weiss nicht, ob ich das will. Sie ist so jung. Ich glaube, sie ist jünger als Cornelia."

„Schön. Freu dich. Wenn du ihr zu alt wärst, hätte sie dich wohl kaum gefragt. Also, jetzt hör auf mit der Grübelei. Was passieren soll, passiert. Lass dich einfach überraschen."

\*\*\*

Sie beobachteten ihn jetzt schon seit sechs Tagen. Lange würden sie diese Rund-um-die-Uhr-Bewachung nicht mehr durchhalten können. Wenn nicht bald etwas Konkretes passierte, würden die zusätzlichen Männer, die sie für die Observation bekommen hatten, wieder abgezogen werden. Dazu gab es zu viele dringende Fälle.

Fischer war schon vor vier Tagen entlassen worden, und eigentlich hatten sie gedacht, dass die Männer sich sofort treffen würden. Doch nichts geschah. Ihnen lief die Zeit davon. Ihre Ermittlungen hatten ergeben, dass Fischer der Kopf der Bande war, das Gehirn sozusagen. Die anderen taten, was immer er verlangte, widerspruchslos. Sollte ihnen ein geheimes Treffen entgangen sein? Schien kaum möglich, denn Findeisen war ja als Undercover-Mann mittendrin.

Der musste sowieso verdammt aufpassen, dass sie ihm nicht auf die Schliche kamen, denn Fischer war nicht blöd. Bisher hatte er ihm die Geschichte von einem Deal in Hannover abgekauft. Aber wenn der erstmal misstrauisch wurde, und die Geschichte nachprüfen liess, dann wurde es eng für Findeisen - und nicht nur für den.

Verdammt, es wurde wirklich langsam knapp. Ihnen blieben maximal drei Tage, dann zog der Boss die

Kollegen ab, und Hansen würde sich warm anziehen müssen. Er hatte schliesslich die Verantwortung für diesen Sondereinsatz.

***

Julia hatte alle Hände voll zu tun. Für manche Menschen schien das Weihnachtsfest eine völlige Überraschung zu sein, denn erst drei Tage vorher fiel ihnen ein, dass sie Geschenke brauchten. Julia konnte es nur recht sein. Mit dem Umsatz dieses Monats würden die Unkosten für die nächsten Monate bezahlt werden können. Was konnte ihr Besseres passieren?

Und doch dachte sie in jeder freien Minute darüber nach, ob die Variante mit der Visitenkarte wirklich die richtige war.

Was, wenn er die Karte zwar lesen, die Einladung aber zunächst ignorieren würde, um sie nach einigen Tagen zu verwerfen? Sie war sich sicher, dass sie auf ihn keinen *so* überwältigenden Eindruck gemacht hatte, dass er sich nichts Wichtigeres vorstellen konnte, als mit ihr auszugehen. Noch dazu, wo er verheiratet war. Und doch - immer wieder malte sie sich aus, wie sie beide in Planten und Blomen spazierengingen. Sie hielten sich an den Händen und unterhielten sich stundenlang. In ihrer Phantasie konnte Julia auch witzig und geistreich plaudern.

Jetzt, in der Realität des Tages, fragte sie sich, wie ihr das je in seiner Nähe gelingen sollte. Am liebsten hätte sie ihn einfach nur angesehen - für den Rest ihres Lebens. Verrückt, völlig verrückt. 'Jetzt reiss' dich zusammen, du bist doch kein Kind mehr. Ausserdem wirst du ihn sowieso nicht wiedersehen', dachte sie immer wieder.

Knapp zwei Stunden später betrat Markus den Laden. Auch diesmal sah Julia ihn nicht sofort. Sie diskutierte gerade mit einer nörgeligen Kundin über Geschenkpapier und farblich passendes Band. Als er dann vor ihr stand, wirkte er ein bisschen verlegen. „Passt es Ihnen morgen?" fragte er rundheraus.

Einen Moment verschlug es Julia die Sprache, und sie merkte, wie sie knallrot wurde. 'Das nicht auch noch', dachte sie und sagte laut: „Gern, gegen 19 Uhr?"

„Einverstanden", erwiderte Markus, und etwas leiser, da der Laden schon wieder voller Kunden war: „Ich hole Sie ab. Bis dann also."

„Ja, schön. Ich freu' mich", brachte Julia gerade noch heraus.

Sobald sie einen Moment Zeit hatte, rief sie Janet an:

„Du wirst nicht glauben, wer vorhin hier war?"

„ER?"

„Ja, ist das nicht toll? Ich bin total happy. Morgen um 19 Uhr holt er mich vom Laden ab. Hast du heute abend schon was vor?"

„Nein, noch nicht."

„Kannst du zu mir kommen? Ich muss meinen Kleiderschrank sichten. Ich koche uns auch was Schönes."

„Du weisst, dass ich dann sowieso nicht widerstehen kann.

Wann?

„19.30 Uhr?"

„Okay, tschüss."

\*\*\*

Auch am nächsten Abend war Markus nicht hundertprozentig davon überzeugt, dass er das Richtige tat. Eigentlich hatte er sich mehr oder minder Jürgens Überredungskünsten gebeugt, der immer wieder auf ihn eingeredet hatte, er solle diese Verabredung treffen. Er wusste, dass es sein Freund gut mit ihm meinte, aber Markus ärgerte sich inzwischen, dass er darauf eingegangen war. Er fand die junge Frau, Julia, wie er von ihrer Karte wusste, nicht unsympathisch. Aber er hatte keine Lust auf Konversation, auf Smalltalk. Er wollte nicht amüsant und witzig sein müssen. Das hatte er Jürgen auch mehrfach gesagt. Doch der liess sich nicht beirren. „Du brauchst mal etwas Abwechslung", hatte er Markus erklärt. „Du wirst mir sonst noch trübsinnig."

Als ob er das nicht längst schon war. Der ewig gleichen quälenden Gedanken müde, sehnte er sich nach etwas, das sich schwer in Worte fassen liess, und dass er Jürgen deshalb  nicht erklären konnte, es letztlich auch nicht wollte.

Er beschloss, sich zusammenzureissen, Julia abzuholen und mit ihr essen zu gehen. Er würde dringende Geschäfte vortäuschen und so den Abend nach zwei Stunden beenden. Der Gedanke besänftigte ihn, es nicht lange durchstehen zu müssen. Jürgen gegenüber war er dann in keiner Verpflichtung mehr.

An Julia dachte Markus dabei überhaupt nicht.

\*\*\*

Cornelia Baumgartner lebte seit drei Jahren wieder bei ihrem Vater. Nach dem Tod der Mutter war sie bei ihm eingezogen, weil sie meinte, dass er Hilfe brauchen würde, um mit allem klar zu kommen. Das stimmte auch, aber nur bedingt. In Wirklichkeit war Cornelia froh, endlich in ihrem Privatleben eine sinnvolle Aufgabe gefunden zu haben. Sie übersah dabei, dass ihr Vater zwar Witwer, aber kein seniler Tattergreis geworden war, der nicht mehr wusste, was er tat.

Das Leben hatte sie hart gemacht, und sie hatte es zugelassen. Emotionen hatten dort keinen Platz. Trauer wurde verdrängt, Schmerz bekämpft und unterdrückt. Cornelia war hier ihrem Vater ähnlicher, als sie es beide zugegeben hätten.

Doch dadurch konnten sie sich nicht helfen. Jeder vergrub seinen Kummer und sprach nicht darüber. Keiner der beiden wusste, wie er den anderen trösten sollte, denn der zeigte nicht, dass er Trost gebraucht hätte.

Sie gingen sich aus dem Weg, redeten über Belanglosigkeiten, wenn sich ein Gespräch nicht vermeiden liess. Körperliche Nähe, diese uralte und beste Therapie für alles Leid, liessen sie beide nicht zu, aus Angst, mit dem Schmerz des anderen nicht umgehen zu können.

Trotzdem redete Cornelia sich ein, ihr Vater brauche sie und sie hätte ihr eigenes Leben aufgegeben, um bei ihm zu wohnen. Doch die Wirklichkeit sah anders aus. Die junge Frau war einfach nicht in der Lage, eine normale Beziehung zu anderen Menschen aufzubauen. Vor achtzehn Jahren hatte sie ein unverzeihliches Vorkommnis ertragen müssen. Damals hatte sie sich geschworen, nie wieder irgend einen Menschen zu nah an sich heranzulassen. Das sie selbst dabei emotional völlig auf der Strecke bleiben würde, hatte sie übersehen, und übersah es auch heute.

Ihre Mutter war die einzige, die immer wieder versucht hatte, diesen vermeintlichen Panzer zu durchbrechen. Doch das war nun auch vorbei. Und auch wenn sie sich deswegen schämte, verspürte Cornelia darüber eine gewisse Erleichterung.

***

Den ganzen Tag war Julia total hippelig. Immer wieder versuchte sie, ihre Nervosität unter Kontrolle zu bekommen.

Schon gestern abend war sie so aufgedreht gewesen, zur grossen Überraschung von Janet, die ihre Freundin *so* nicht kannte.

„Was ist denn mit dir los? Das ist ja was ganz Neues!"

„Mann, ich bin so was von aufgeregt. Ich dachte eigentlich, dass mir das in meinem Alter nicht mehr passieren würde."

„So was passiert einem in jedem Alter. Aber trotzdem - erwarte nicht zuviel, dann bist du nachher nicht so enttäuscht."

„Jaja, ich weiss ja. Er ist verheiratet."

„Richtig. Also, wenn ich ehrlich bin, verstehe ich dich nicht. Die ganzen Jahre hast du mir erzählt, verheiratete Männer seien für dich tabu. Und nun?"

„Diesmal ist es was ganz anderes."

„Das scheint mir allerdings auch so. Ich brauch'
dich ja nur anzusehen. Du bist ja total hin und weg."

„Ja, ist das nicht schrecklich?" Julia kicherte. „Eigentlich wollte ich mich ja zusammennehmen. Du
kennst ja mein Motto: Wer nicht zuviel investiert,
kann auch nicht zu sehr enttäuscht werden. Aber irgendwie funktioniert das alles nicht mehr. Ich weiss,
es ist völlig irre. Ich habe mit dem Mann drei Sätze
geredet. Ich weiss nichts von ihm, nicht mal seinen
Namen. Und es stört mich kein bisschen - diesmal
stört mich überhaupt nichts."

„Oh,oh - das klingt ja bedenklich. Ich wünsch' dir
bloss, dass alles so läuft, wie du es willst."

„Weiss ich doch. Aber ehrlich, Janet, so ist das
Leben." Julia wurde ernst. „Nichts ist einfach. Wenn
ich wieder Pech habe, werde ich meine derzeitige
Hochstimmung bitter bezahlen. Das kann doch aber
nicht heissen, dass ich alles vermeide, was Tränen
bringen könnte. Irgendwann kommt jeder an den
Punkt, wo er sich fragt, ob es das wert war. Aber
wenn ich nicht bereit bin zum Risiko, nicht bereit,
mich auf einen anderen Menschen oder eine neue
Situation einzulassen, sondern lieber zu Hause sitze
und all dem aus dem Weg gehe, dann lebe ich doch
nicht, dann existiere ich nur.

Ich geniesse meine derzeitige Stimmung, jede Minute davon.

Die Zeiten des Kummers kommen schneller, als
mir lieb sein wird. Und wider jede Vernunft hoffe ich
auch diesmal, das sie mir erspart bleiben. Das es gut
gehe möge, was immer das auch heissen mag. - Aber
jetzt ist Schluss damit, sonst heulen wir gleich beide.

Also, was ziehe ich morgen an?"

\*\*\*

„Es ist wirklich schön hier", sagte Julia gerade.

„Ich dachte, Sie kennen dieses Restaurant" antwortete Markus verblüfft.

„Also, wenn ich ehrlich bin, nein. Ich gehe nicht oft aus, das heisst, eigentlich schon, aber nicht in dieser Gegend."

'O, Mann', dachte sie. 'Was stotterst du denn hier für einen Mist zusammen?' Laut sagte sie:

„Ich hab eine Kollegin gefragt, und sie meinte, hier wäre es schön ruhig. Ausserdem soll die Aussicht auf die Alster phantastisch sein."

„Nun, vielleicht nicht gerade an einem Abend im Dezember", erwiderte Markus und lächelte.

„Wieso nicht?" fragte Julia und lachte dann: „Irgendwie scheint mein Grosshirn heute abend seine Arbeit eingestellt zu haben."

„Diesen Eindruck hatte ich aber nicht. Eher im Gegenteil. Wir haben uns in den letzten zwei Stunden über Hamburg im allgemeinen und über Leuchttürme im besonderen unterhalten. Sie erzählten mir von Brandenburg; wir sprachen über Autos, besonders über BMW; unterhielten uns über Bücher und Bilder französischer Impressionisten. Das ist mehr, als ich erwartet hätte.

Und ich hoffe, Sie nehmen es mir jetzt nicht übel, wenn ich Ihnen sage, dass ich den Abend gern hier beenden würde. Ich habe morgen einen wichtigen

Termin und dafür muss ich noch einige Papiere durcharbeiten."

„Darf ich fragen, was Sie beruflich machen?"

„Ich bin Immobilienmakler."

'Oh nein, bitte, das darf doch nicht wahr sein!' dachte Julia. 'Ausgerechnet.'

Als Markus ihren Gesichtsausdruck sah, fügte er hinzu: „Ich arbeite eigentlich nicht mehr, aber manchmal mache ich eine Ausnahme."

„Das ist gut", ihre Erleichterung war unüberhörbar.

Markus war etwas erstaunt, aber er dachte dann nicht weiter darüber nach. Sie brachen auf. Er half ihr in den Mantel, liess ihr beim Hinausgehen den Vortritt und öffnete ihr die Wagentür. All das hatte er auch vorhin getan, aber Julia war wieder begeistert. Für sie hatten diese Gesten nichts mit Emanzipation zu tun, sondern mit Höflichkeit. Sie genoss es, so aufmerksam behandelt zu werden.

Die Fahrt dauerte etwa zwanzig Minuten. Die ganze Zeit dachte Julia an nichts anderes, als daran, was sie tun würde, wenn er nichts von einem Wiedersehen sagen würde. Ihn von sich aus fragen? Eher wäre sie gestorben.

Als hätte sie es geahnt, kam es genau so. Markus brachte sie zur Tür, bedankte sich für den schönen Abend und verabschiedete sich dann. Julia wusste einen Moment nicht, ob sie lachen oder in Tränen ausbrechen sollte.

Im Treppenhaus dachte sie: 'Was soll's, nimm's locker.'

Aber das klappte diesmal nicht. Sie rief sofort Janet an.

„Na, wie war dein 'Date des Jahrhunderts'?"

„Sehr witzig!"

„Eh, was ist'n jetzt los? Ich dachte, du sitzt auf Wolke Sieben?"

„Hm, wohl eher nicht."

„Was ist passiert?"

„*Nichts*, das ist es ja. Ich kann's nicht fassen. Dabei hätte alles so schön sein können. Wir haben uns wirklich prima unterhalten. Also, hoffe ich jedenfalls. Er hat es wenigstens gesagt. Ich hatte grosse Mühe, ihn nicht die ganze Zeit einfach nur mit offenem Mund anzustarren."

„So verzückt?"

„Ja, schon. Aber das ist ja wohl das falsche Wort. Egal, bei mir hat es jedenfalls 'klick' gemacht."

„Und bei ihm nicht, oder was?"

„Janet, das habe ich doch gar nicht erwartet. Ich weiss, wie ich aussehe. Warum habe ich wohl meinen Spiegel im Schlafzimmerschrank verhängt? Damit der Schock morgens nicht so gross ist."

„Deinen Humor scheinst du aber nicht verloren zu haben."

„Eher Galgenhumor. Aber mal im Ernst: er hat kein Wort davon gesagt, ob wir uns wiedersehen wollen."

„Und du?"

„Ich - bist du verrückt? Das hätte ich niemals getan."

„Lass das nicht Alice Schwarzer hören."

„Kannst du mich vielleicht mal ernst nehmen?"

„Ja, okay, entschuldige. Also, er hat nichts gesagt?"

„Richtig. Er brachte mich nach Hause, bedankte
sich für den Abend, und das war's dann. Ich glaub,
ich krieg' 'ne Krise!"

„Quatsch, du doch nicht, und nicht wegen sowas!"

„Ich glaub', diesmal irrst du dich. Was soll's, ich
geh jetzt ins Bett. Wir können ja morgen weiterre-
den."

„Schlaf schön und - Julia..."

„Was denn?"

„Heul nicht. Noch ist nicht alles verloren."

„Dein Wort in Gottes Ohr! Gute Nacht!"

„Gute Nacht."

\*\*\*

Am Sonntag war Julia, wie jede Woche, zum Kaffee bei ihrer Oma eingeladen. Und auch wenn Julia
ihr sonst alle ihre Geheimnisse anvertraute, erzählte
sie der alten Dame nichts von Markus Baumgartner.
Irgend etwas hielt sie zurück, etwas, das sie selbst
nicht hätte beschreiben können. Und was gab es da
auch schon gross zu erzählen?

Wenn sie an ihn dachte, fühlte sie so etwas wie
Trauer. Sie konnte das überhaupt nicht erklären, und
hatte es deshalb auch Janet nicht erzählt. Irgend etwas
stimmte mit ihm nicht. Er wirkte so bedrückt. Sie
hatte den ganzen Abend versucht, ihn zum Lachen zu
bringen. Manchmal war es ihr geglückt, aber sie war
sich sicher, das er eigentlich nur aus Höflichkeit lächelte. Es musste etwas passiert sein, das ihn aus der

Bahn geworfen hatte. Sie hätte ihn gern getröstet, aufgemuntert - und wusste doch gar nicht, wovon.

Die uralten irischen Kondolenzworte fielen ihr ein, die sie damals in einem ihrer Tagebücher festgehalten hatte: 'Ihr Kummer tut mir leid'. Und genau das war es.

Wenn sie in seine wunderschönen dunklen Augen sah, gab es einen Teil von ihr, der meinte, jeden Augenblick den Verstand zu verlieren. Und der andere Teil ihres Hirns registrierte die Traurigkeit in seinem Blick.

Doch wie es aussah, würde sie gar keine Gelegenheit mehr bekommen, dieses Geheimnis zu ergründen.

Ganz hatte sie die Hoffnung auf ein Wiedersehen zwar noch nicht aufgegeben, aber so wie er sich gestern abend verhalten hatte...

„Julia, Kind - du bist ja mit deinen Gedanken ganz woanders. Hast du überhaupt gehört, was ich gerade gesagt habe?"

„Äh, nein, bitte entschuldige, Omi. Ich wollte nicht unhöflich sein. Was hast du gesagt?"

„Es war nicht weiter wichtig. Was ist denn mit dir los?"

„Nichts weiter. Es gab ziemlich viel zu tun im Laden, vielleicht bin ich deswegen ein bisschen 'neben mir'."

„Hast du schon alles geklärt mit unserem Auto?"

„Ja, klar. Ich hole ihn am 23. bei Herrn Wegener ab. Er macht uns wieder einen Sonder-Bonus."

„Gut, und nach dem Typ brauche ich natürlich nicht zu fragen: die drei bayrischen Buchstaben?"

„Richtig! Wir kriegen einen 320er, Jahreswagen, weinrot metallic. Sieht absolut spitzenmässig aus!"

„Na, das ist ja die Hauptsache", erwiderte Frau Neuhaus lächelnd. „Ich kenne meine Lieblingsenkelin ja schliesslich!"

Vor einigen Jahren hatte sich Julia für eine Wochenendfahrt nach Hause ein Auto geliehen. Sie brauchte in Hamburg ansonsten keinen eigenen Wagen. Aber zu besonderen Anlässen mietete sie sich gern einen BMW. Nicht lange danach hatte ihr ihre Oma eines Tages vorgeschlagen, sich an den Kosten zu beteiligen, wenn Julia sie mitnehmen würde. Kein Problem. So besuchten die beiden ungefähr jedes Vierteljahr ihre Verwandten in Brandenburg.

Julia war die Trennung damals sehr schwer gefallen, und sie war von Anfang an froh, ihre Oma in der gleichen Stadt zu haben.

Jetzt redeten sie über die Geschenke, die sie für ihre Lieben zuhause gekauft hatten. Es war schon früher Abend, als Julia endlich aufbrach. Kaum war sie allein, dachte sie wieder an Markus. Wenn er sich doch bloss noch einmal melden würde...

\*\*\*

Zu diesem Zeitpunkte telefonierte Markus Baumgartner mit seinem Freund Jürgen Mieling. Der sagte gerade: "So, nachdem nun alle geschäftlichen Angelegenheiten geklärt sind, meine wichtigste Frage: Hast du dich mit ihr getroffen? Wie war es? Erzähle!"

„Langsam, langsam. Ja, ich habe mich mit Frau Neuhaus getroffen. Es war ein sehr netter Abend."

„Und, weiter?"

„Nichts weiter. Das war's."

„Wieso? - War sie so unmöglich?"

„Überhaupt nicht. Es lag an mir. Irgendwie ... bin ich noch nicht soweit."

„Markus - worauf willst du warten? Anna ist seit drei Jahren tot. Du musst zurückfinden ins Leben."

„Das weiss ich ja. Aber ich habe im Moment keine Lust, das mit dir zu diskutieren. Bitte sei nicht böse. Ich melde mich wieder. Mach's gut."

„Ja, du auch", erwiderte Jürgen verblüfft. Was war denn mit Markus nur los? Er hatte gedacht, die schlimmste Zeit habe sein Freund überstanden. Er überlegte, wie er ihm helfen konnte. Sollte er mal mit Julia Neuhaus reden? Doch diesen Gedanken verwarf er sofort wieder. Wenn sich die beiden erst *ein*mal gesehen hatten, war es dafür zu früh. Ausserdem würde Markus ihm diesen Vertrauensbruch niemals verzeihen. Aber irgendwas musste ihm einfallen. So konnte das nicht weitergehen. Er beschloss, bei nächster Gelegenheit mal mit Cornelia zu sprechen. Er kannte sie schliesslich, seit sie ein Baby war. Und da Jürgen nichts aufschob, notierte er in seinem Kalender für den nächsten Tag: 'Cornelia in der Apotheke anrufen!'

Markus dachte über das Telefonat nach. Er ärgerte sich, dass er so unwirsch gewesen war, aber Jürgen ging ihm manchmal auf die Nerven mit seiner 'Hoppla-jetzt-komm-ich-Mentalität'. Für Geschäftsabschlüsse mochte das ja genau richtig sein, aber sonst?

Jürgen hatte in seinem Leben noch nie eine Beziehung gehabt, die länger als ein Jahr dauerte. Wie sollte er da begreifen, was in ihm vorging? Der Gedanke war noch nicht vollständig aus seinem Kopf, als Markus klar wurde, dass er ungerecht war. Jürgen hatte sich in den letzten vierzig Jahren als wahrer Freund erwiesen, auch in den schlimmsten Zeiten.

Markus wusste, wenn sein Freund ihn nur schwer verstand, lag das an ihm selbst. Er hatte nie ein Wort von seinen Schuldgefühlen laut werden lassen. Nicht Jürgen gegenüber. Nicht einmal Cornelia gegenüber. Er hatte gehofft, alles verdrängen zu können. Einfach nicht darüber nachdenken, es irgendwo ganz hinten in seinem Herzen vergraben und hoffen, dass der Schmerz nachlassen würde. Jetzt sah er, dass das nicht ging. Auch nach drei Jahren nicht. Es schien eher schlimmer zu werden. Es waren nicht nur die Schmerzen seiner physischen Verletzungen, die sich je nach Wetterlage bis zur Unerträglichkeit steigern konnten, auf jeden Fall aber ständig im Hintergrund lauerten, um erneut erbarmungslos zuzuschlagen. Es waren mehr noch seine in immer häufigeren Abständen auftretenden psychischen Qualen. Er träumte von dem, was geschehen war. Hörte Annas Flehen, konnte ihr nicht helfen. Stundenlang lag er wach, sehnte sich nach Schlaf und fürchtete gleichzeitig, die Träume würden wiederkehren. Und sie taten es. Immer und immer wieder. Manchmal hatte er schon daran gedacht, Schluss zu machen. Wenn ihn die Depressionen und die Schmerzen in ihren Klauen hatten, erschien ihm das Ende immer öfter als der einzige Ausweg. Doch Selbstmord widersprach allem, was er je gelernt und woran er immer und trotz allem geglaubt hatte.

Während Markus jetzt in seinem Sessel sass und ihm all dies durch den Kopf ging, fragte er sich, ob Jürgen nicht vielleicht doch recht hatte. Lange genug kannten sie sich ja. Sollte er sich noch einmal mit Julia treffen? Sollte sie der Ausweg sein, der Neuanfang? Aber sie war so verdammt jung, nicht älter als Cornelia. Konnte sie denn begreifen, was in ihm vorging? Musste sie das überhaupt? Gerade ihre Unbeschwertheit und ihre Lebensfreude hatten ihm ja so gefallen.

Ganz von vorn anfangen? Dachte er nicht schon viel zu weit? Wahrscheinlich. Aber wie sagte Gandhi: 'Der Weg ist das Ziel.' Er lächelte bei der Vorstellung, wie überrascht sie sein würde, wenn er sich noch einmal meldete. Ihre Enttäuschung gestern abend war ihm nicht entgangen.

'Also gut', dachte er. 'Dann mach es aber gleich, bevor dich dein Mut wieder verlässt.' Er begann, ihre Visitenkarte zu suchen, fand sie aber nicht. Sollte er sie weggeworfen haben?

Unwahrscheinlich. Aber egal, wo war das Telefonbuch?

Nach dem fünften Läuten sprang ihr Anrufbeantworter an. Auf diese Art wollte er ihr nun wirklich keine Nachricht schicken. Er beschloss, es später noch einmal zu versuchen. Doch dann rief er sie nicht mehr an.

Nicht an diesem Abend, und auch nicht an den folgenden. Er wartete, bis es zu spät war. Am Tag vor Heiligabend versuchte er es dann noch einmal. Doch zu diesem Zeitpunkt waren Julia und die Oma bereits auf der Autobahn, auf dem Weg nach Hause.

\*\*\*

Es gab einige Traditionen und damit verbundene Rituale in Julias Familie, die wollte sie niemals missen. Dazu gehörte für sie alles, was das Weihnachtsfest betraf.

Es macht Julia nichts aus, das ganze Jahr hindurch an fast jedem Samstag zu arbeiten. Sie verzichtete auch darauf, in der sogenannten Hauptsaison ihren Jahresurlaub zu nehmen, und gab den Kolleginnen mit Kindern gern die Möglichkeit dazu, aber zu Weihnachten - da nahm sie eine Woche Urlaub und fuhr heim. So auch in diesem Jahr. Julia hatte allerdings diesmal ihrem Chef versprechen müssen, am Neujahrstag gegen Mittag in den Laden zu gehen, um zu prüfen, ob die Kassen und Computer den Jahrtausendwechsel problemlos überstanden hatten.

Doch nun fuhr sie mit ihrer Grossmutter in Richtung Schorfheide, dachte keinen Augenblick an ihre Arbeit oder an Hamburg sondern freute sich nur unbändig, gleich daheim zu sein.

Nach einer herzlichen Begrüssung gab es für Julia viel zu erzählen. Auch wenn sie fast jeden Tag mit ihren Eltern telefonierte, war das jetzt etwas ganz anderes.

Es dauerte nicht lange, und alle redeten durcheinander. Es war laut, lustig und schön. Für einen Moment lehnte sich Julia zurück und dachte glücklich: 'Endlich zu Hause.'

Nach dem Mittagessen machte sie mit ihrem Vater einen grossen Spaziergang - auch das war Tradition.

Sie redeten über den Jahrtausendwechsel, die rigorose Erhöhung der Benzinpreise und, wie jedesmal, über diesen elenden Rückführungsanspruch, der auf dem Grundstück ihrer Eltern lag.

„Könnt Ihr die Pacht noch bezahlen?" fragte Julia gerade.

„Wir schon. Herr von Frost ist noch relativ human. Aber bei Krauses und Werners sieht es schon mies aus. Diese Wessi-Tussi, der beide Grundstücke gehören, will mittlerweile 3.40 DM für den Quadratmeter."

„WAS? Das ist doch nicht wahr!?"

„Aber sicher", sagte Herr Neuhaus bitter. „Das geht alles. Die Alteigentümer reiten doch immer darauf herum, nur die ortsübliche Pacht kassieren zu wollen, das habe ich dir ja erzählt."

„Ja, aber die lag hier bei 0.75 DM pro Quadratmeter. Dann gab es die erste reguläre Erhöhung um 50%, also sind wir bei 1.05 DM, und nicht 3.40 DM. Ich fasse es nicht, wie kommen die dazu?"

„Ganz einfach. Es wurden sogenannte Gutachterausschüsse ins Leben gerufen, angeblich unabhängig arbeitend. Das kannst du aber schon mal vergessen, wenn du dir ansiehst, wer dort Mitglied ist. Hier bei uns ist der Vorsitzende des Gutachterausschusses gleichzeitig der Chef vom Liegenschaftsamt. Ausserdem sind dort Grundstücksmakler, Immobilienhaie und was weiss ich noch alles Mitglieder. Sehr unabhängig! Dieser Gutachterausschuss legt auf Grund der vorhandenen Pachtverträge eine Ortsüblichkeit fest."

„Klingt bis hier noch einigermassen nachvollziehbar."

„Das dachte ich auch. Aber weisst du, was die in
Wahrheit machen? Ich erklär' dir das mal an einem
Beispiel: nehmen wir an, hier in unserer Anlage gibt
es einhundert Pachtverträge. Neunundachtzig davon
wurden vor 1990 geschlossen, die anderen elf nach
der Wiedervereinigung. Nun passiert folgendes: zur
Berechnung der Ortsüblichkeit sollen drei Pachtverträge die Grundlage bilden, und aus deren Pachthöhe
wird die Quersumme ermittelt. So weit, so gut. Leider
steht es dem Gutachterausschuss jedoch völlig frei,
*welche* Pachtverträge er zur Berechnung heranzieht.
Natürlich nehmen die Herren die Verträge mit der
höchsten Pacht, also drei Verträge von den eben er-
wähnten elf. Die anderen neunundachtzig Verträge
werden völlig ignoriert."

„Ich fasse es nicht!"

„Da stehst du nicht allein! Aber es kommt noch
schlimmer. Der nach oben offenen Preisskala sind
überhaupt keine Grenzen mehr gesetzt. Stell dir folgendes vor: Von den Pächtern machen drei gemeinsame Sache, egal ob Ossi oder Wessi, oder, am
schlimmsten, die Kommunen mit ihren permanenten
Haushaltslöchern. Die drei sind sich jedenfalls einig,
und schliessen untereinander neue Verträge mit völlig
überhöhten Pachten ab. Das die niemals jemand zah-
len wird, interessiert hierbei nicht. Der Gutachterausschuss nimmt diese drei Verträge zur Grundlage der
Berechnung der Ortsüblichkeit, und schon hast du
eine so hohe Pacht, dass sie niemand mehr bezahlen

kann. Die Pächter müssen aufgeben, die Eigentümer reiben sich die Hände."

„Und das kontrolliert niemand?"

„Es gibt einen Obergutachterausschuss des Landes Brandenburg, dem man solche Fälle vortragen kann. Jeder Pächter kann dort um ein individuelles Gutachten für sein Grundstück bitten. Das allein kostet aber viertausend Mark - und wer hat die schon?"

Julia blieb stehen und sah ihren Vater an: „Was heisst 'individuell'? Du hast doch gerade erklärt, wie die Pachtberechnung festgelegt wird."

„Ja, pauschal. Weisst du, was der absolute Wahnsinn dabei ist: individuell heisst: direkter Zugang zum See oder weiter entfernte gemeinsame Badestelle; fliessendes Wasser im Haus; Spültoilette oder Plumpsklo und so weiter - alles Dinge, die die Pächter in den letzten Jahren und Jahrzehnten auf eigene Kosten geändert haben, um die Lebensqualität und den Komfort zu erhöhen. Und genau das bricht ihnen jetzt das Genick. Es ist nicht nachvollziehbar: jetzt zahlst du für den von dir selbst geschaffenen Komfort, der nebenbei bemerkt, den Wessi- Ansprüchen sowieso in den seltensten Fällen genügt, eine höhere Pacht!

Guck dir das doch nur bei uns an: da sassen in der Mitte der dreissiger Jahren vier junge Männer in der Dorfkneipe, und teilten die Waldflächen am See in Grundstücke auf. Das waren damals wirklich nur Kiefernbäumchen auf märkischem Sand.

Drei der jungen Männer legten fest, was ihnen künftig gehören sollte. Der vierte, der Vater von Nachbar Klaus, hielt das Ganze für unreell und sich selbst deswegen raus - leider.

Der Vater von Herrn von Frost jedenfalls liess sich im Grundbuch für die beiden Grundstücke eintragen: das von uns und das von Klaus.

Später, noch vor dem Krieg, zog dieser Mann in den westlichen Teil Deutschlands. Es gab sogar einen Brief, den er an Klaus' Vater geschrieben hat, und in dem er ihm mitteilt, dass er nicht zurückkommen würde und auch kein weiteres Interesse an den Grundstücken hat. Doch dieser Brief ging in den Kriegswirren verloren - wer konnte auch wissen, dass er 45 Jahre später einmal lebenswichtig sein könnte."

„Der Eintrag im Grundbuch blieb somit natürlich bestehen."

„Richtig, das ist ja das Elend. Und in diesem Land wird das Grundbuch nun mal höher gehalten als das Grundgesetz. Privateigentum ist das Wichtigste. Jemand, der jahrelang Geld unterschlagen hat, wird härter bestraft als ein Kindermörder oder Vergewaltiger, obwohl der erstere niemandem einen körperlichen Schaden zugefügt hat. Es ist grotesk!"

„Deshalb auch dieser miese Einigungsvertrag mit seiner 'Rückgabe vor Entschädigung'! Schäuble wusste verdammt gut, was er da unterschrieb, nur Krause hatte wahrscheinlich keine Ahnung."

„Davon kannst du ausgehen. Und bei uns geht es *nur* um ein Wochenendgrundstück. Was meinst du, was sich in den Berliner Randgebieten abspielt? In Kleinmachnow zum Beispiel geht es um die Rückführung von über 80% der Eigenheime. Da steht für die Leute die Existenz auf dem Spiel. Dort brennt im Moment die Luft. Ich staune, dass noch kein Wessi verprügelt worden ist."

„Was ich dir immer gesagt habe: mit der Grosszügigkeit und Loyalität der Menschen kannst du nicht rechnen. Vielleicht würden wir uns auch freuen, wenn wir im Westen ein Grundstück hätten, und das nun zurückbekämen. Die Gesetzlichkeiten müssen so etwas regeln."

„Richtig. Aber weil du das gerade sagst: den Eltern des Schriftstellers Hans Maywaldt gehörte ein Haus in Düsseldorf. Nach 1990 fuhr er dorthin, um es zurückzubekommen. Weisst du, was sie ihm gesagt haben: die Festlegung 'Rückgabe vor Entschädigung' gilt nur auf dem Gebiet der ehemaligen DDR! Ist das nicht toll?!"

Julia konnte nur noch den Kopf schütteln. Dann fragte sie:

„Gibt es niemanden, der sich dafür auf politischer Ebene interessiert?"

„Die SPD hat vor der Wahl versprochen, sich dieses Themas anzunehmen. Herr Lafontaine hat bei einer Wahlveranstaltung in Eberswalde vollmundig erklärt, das Problem der Pachten aufzugreifen. Nur was hat der Mann heute noch zu sagen? Frau Däubler-Gmelin hatte dreimal eine Einladung unseres Vereins. [*Verband Deutscher Grundstücksnutzer e.V., Berlin 1999: ca. 35000 Mitglieder* - G.L.] Jedesmal haben sich die Organisatoren der Kundgebung nach ihrem Terminplan gerichtet, und zum Schluss hat sie dann *so* kurzfristig abgesagt, dass sich nichts mehr ändern liess. Und so jemand ist jetzt Justizministerin. Ich frage mich wirklich, wie lange die Politiker dieses immense Problem noch ignorieren wollen. Es geht doch nicht nur um Wochenendgrundstücke, es geht um Häuser, um Garagen, um Gärten. Zwei Drittel unserer Bevölkerung sind davon betroffen - und niemanden scheint das zu interessieren. Vielleicht klappt es jetzt, wo die Damen und Herren Bundestagsabgeordneten mitten im Berliner Leben sitzen. Aber auch nur vielleicht. Mit rund achtzehntausend Mark Monatsdiät brauchst du über solch lapidare Dinge wie Pachterhöhungen nicht nachzudenken.

Aber komm, gehen wir heim, es ist schliesslich Weihnachten. Lass uns von etwas anderem reden. Wie läuft's in Hamburg? Alles klar?"

\*\*\*

Auf Jürgen Mielings Bitte hatte sich Cornelia Baumgartner mit ihm in einem kleinen Cafè in der Innenstadt getroffen. Das Gespräch verlief allerdings überhaupt nicht so, wie Jürgen es erwartet hatte.

„Ich dachte, du würdest dich für deinen Vater freuen?"

„Tu ich ja."

„Das sieht man", erwiderte Jürgen sarkastisch. „Cornelia, was ist los mit dir? Du weisst doch am allerbesten, wie sehr dein Vater unter Annas Tod gelitten hat, und es noch tut. Meinst du nicht, es wird Zeit, dass er mal auf andere Gedanken kommt?"

„Sicher."

„Aber?" fragte Jürgen gespannt.

„Kein Aber. Ich dachte nur ...", sie brach ab und starrte auf das Tischtuch.

„Was? Himmel, lass dir doch nicht alles aus der Nase ziehen."

Cornelia holte tief Luft. Dann sagte sie: „Ich dachte, dass alles so bleiben würde, wie es ist. Dass wir weiter so leben wie bisher."

„Das ist doch nicht dein Ernst?" Jürgen war fassungslos und das merkte man ihm an. Cornelia reagierte entsprechend.

„Was ist denn daran so ungewöhnlich? Wir sind nicht die einzige Familie, in der Vater und Tochter zusammenleben!"

„Da hast du sicher recht." Jürgen merkte, dass er sich zügeln musste. Er wollte Cornelia für sich gewinnen, und sie nicht gegen sich aufbringen. „Du bist doch noch jung. Willst du den Rest seines Lebens bei deinem Vater verbringen? Und später? Dann bist du ganz allein - das ist doch nichts für dich."

„Woher willst du wissen, was das Richtige für mich ist? Hast du eigentlich mal *mich* gefragt, wie ich mit Mutters Tod klargekommen bin? Nein, immer nur Markus. Der arme Mann. Was ist eigenlich mit der Tochter, mit mir? Hast du daran mal gedacht?"

„Cornelia, das tut mir leid. Bitte entschuldige. Ich dachte, du hättest gute Freunde, mit denen du darüber reden konntest und es noch kannst."

„Freunde, ich habe keine Freunde. Die sind doch alle viel zu oberflächlich. Lassen sich von unserem Anwesen beeindrucken, davon, dass wie viel Geld haben. Weisst, du wie ich das manchmal gehasst habe? Wie oft ich mir gewünscht habe, genauso mittelmässig zu leben, wie die anderen? Niemals wusste ich, ob jemand wirklich mein Freund oder meine Freundin sein wollte, oder ob derjenige sich nicht lieber mit mir geschmückt hat. `Seht her, Cornelia

Baumgartner ist mit mir befreundet. Ist das nicht toll?'" fragte sie jetzt bitter.

Jürgen war erschüttert. „Was kann ich tun, um dir zu helfen?"

„Gar nichts. Lass uns so, wie wir sind. Dann bin ich zufrieden." Und nach einer kleinen Pause: „Bitte entschuldige, aber ich möchte jetzt gehen. Kannst du bitte bezahlen? Ich warte im Auto."

'Sie sieht aus, als würde sie fliehen', dachte Jürgen und wusste nicht, wie recht er damit hatte.

Zorn und Hass brachten Cornelias Gefühle durcheinander. Sie hatte Angst, dass Jürgen das merken würde und war deshalb schon zum Wagen gegangen. 'Eine neue Frau - klasse!' dachte sie bitter. 'Wahrscheinlich hat sie es nur auf Vaters Geld abgesehen. Und dann noch in meinem Alter - der macht sich total lächerlich, und mich mit. Das darf auf keinen Fall passieren. Da muss ich mir etwas einfallen lassen.'

Als Jürgen später in das Auto stieg und sie losfuhren, fragte Cornelia: „Weisst du, wer die Frau ist?"

„Nicht genau. Sie heisst Julia und irgendwas und ist Buchhändlerin am Neuen Wall."

„Hmhm."

Jürgen dachte, dass Cornelia sich vielleicht doch mit dem Gedanken an eine neue Verbindung ihres Vaters anfreunden würde. Cornelia hingegen dachte darüber nach, wie sie vorgehen musste, um dieser Frau ihre Grenzen zu zeigen.

***

Bernd Hansen war im Zugzwang. Sein Undercover-Mann hatte sich seit drei Tagen nicht mehr gemeldet. Ob Findeisen etwas passiert war? Doch wenn Hansen die Wohnung von Fischer und seinen Kumpanen stürmen liess, flog Findeisens Deckung auf.

Verdammt! Was hatte Fischer vor? Was planten die? Und vor allem - was war mit Findeisen? Er rief seinen Chef an.

Hauptkommissar Pit Petersen war ein Mann der Tat. Er besass wenig Verständnis für bürokratische Abläufe und dienstliche Hierarchien. Das er deshalb überhaupt zum Hauptkommissar befördert worden war, hatte nicht nur ihn selbst verblüfft. Doch Petersen verfügte über eine gute Menschenkenntnis und über einen sechsten Sinn. Das hatte ihm in den letzten Jahren beruflichen Erfolg eingebracht, den er neidlos mit seinen Mitarbeitern teilte.

Auch jetzt hatte er für Bernd Hansens Bedenken sofort ein offenes Ohr. „Ich verstehe Sie ja, aber mehr als zwei Kollegen kann ich Ihnen nicht geben. Wir haben hier noch mehr zu tun, das wissen Sie doch. Die beiden sollen sich mal in Fischers Stammkneipe unters Volk mischen, die Gesichter kennt der noch nicht. Vielleicht hören sie ja was. Ich kann mir nicht vorstellen, dass Fischer noch lange wartet. Das war doch schon immer ein ziemlicher Hitzkopf - zu unserem Glück.

Also, eine Woche gebe ich Ihnen - maximal. Sonst ist Pumpe!"

***

Am Heiligen Abend schmückte Julia am Vormittag den Weihnachtsbaum, auch das war Tradition. Zum Mittagessen kam dann auch ihr Bruder Robert, und es gab erneut viel zu erzählen. Am späten Nachmittag fuhren alle in die kleine Dorfkirche zur Christvesper, wie jedes Jahr. Anschliessend gab es bei Neuhaus' Abendessen, und dann war Bescherung.

Alles war genau wie damals, als Julia und Robert noch klein gewesen waren. Sie mussten das Wohnzimmer verlassen und in ihrem alten Kinderzimmer warten, bis das Glöckchen ertönte. Damals waren sie aufgeregt gewesen und gespannt auf ihre Geschenke. Heute amüsierten sie sich und alberten herum. Aber sie wollten es niemals anders haben. Wenn die Eltern die Kerzen am Baum entzündet hatten, löschten sie das andere Licht. „Stille Nacht" klang aus dem Radio, und Herr Neuhaus klingelte mit seinem Glöckchen. Jetzt erst durften die Kinder das Zimmer betreten. Julia liebte diese Zeremonie über alles. Deshalb wollte sie zu Weihnachten nie woanders als zuhause sein.

Doch wie immer an diesen Tagen schien die Zeit besonders schnell zu vergehen. Bald war der Tag vor Silvester herangekommen und Julia und die Oma machten sich auf den Rückweg. Julia war wieder froh, dass sie nicht allein nach Hamburg fahren musste. Sie war es jedesmal, denn der Abschied von zuhause fiel ihr doch schwer. Aber mit ihrer Oma hatte sie sich immer viel zu erzählen.

Die beiden feierten Silvester zusammen, auch das war seit neun Jahren so. Gegen 23.30 Uhr fuhren sie zum Hafen. Um Mitternacht gaben alle Schiffe im Hafen Signal und alle Glocken in der Stadt läuteten, und das sind in Hamburg nicht wenige. Julia bekam wie jedes Jahr eine Gänsehaut vor Begeisterung. Die beiden Frauen stiessen mit einem Glas Sekt auf das neue Jahrtausend an und Julia rief schnell noch zuhause an.

Als sie am nächsten Tag den Laden betrat, um die Kassen und die Computer zu überprüfen, dachte sie an Markus Baumgartner. Sie fragte sich, wie er wohl Weihnachten gefeiert hatte, im Kreise seiner Familie. Es versetzte ihr wieder einen Stich, dass er verheiratet war. Sie beschloss, nicht weiter darüber nachzudenken. Augenscheinlich war es zu Ende, bevor es richtig begonnen hatte.

Als sie ihren Chef anrief, um ihm mitzuteilen, dass das befürchtete Jahrtausend-Chaos auch in der Buchhandlung nicht ausgebrochen war, hatte die Normalität sie wieder eingeholt.

***

Markus war froh, das Weihnachtsfest hinter sich gelassen zu haben. Zur Millennium-Silvesterfeier waren er und Cornelia in Hamburgs Erstes Hotel, das „Atlantic", eingeladen worden.

Markus hatte an diesem Abend Mühe, sich der ausgelassenen Stimmung anzupassen, aber für Cornelia tat er es. Sie ging sowieso viel zu selten aus. Er dachte an Julia. Sollte er ganz neu anfangen? Die Vergangenheit gänzlich hinter sich lassen? Er sehnte sich danach, die alten Geister endlich beerdigen zu können. Sollte ihm das nicht zusammen mit Julia gelingen? Vielleicht war diese Nacht, der Beginn eines neuen Jahrtausends ein gutes Omen für ein neues Leben.

Markus beschloss, Julia sobald es ging, doch noch einmal anzurufen. Es erstaunte ihn, wie gut er sich nach diesem Entschluss fühlte.

Cornelia war überrascht. Ihr Vater schien plötzlich wie ausgewechselt. Er scherzte mit ihr, forderte sie zum Tanz auf, war witzig und geistreich - so wie er früher gewesen war. Ihr fiel ein, was Jürgen Mieling ihr erzählt hatte. Cornelia fragte sich, ob die gute Laune ihres Vaters mit dieser Frau zusammenhing. Eigentlich hätte sie sich freuen müssen, dass es ihm wieder besser zu gehen schien. Und ein Teil von ihr empfand auch diese Freude, zusammen mit einer grossen Erleichterung, denn seine Depressionen hatten sie immer sehr geängstigt. Doch der andere Teil von Cornelias Wesen war zornig, mehr noch eifersüchtig. Sie wollte auch endlich neu anfangen können. Zumindest hatte sie sich das immer wieder eingeredet. Ihr war nicht klar, dass sie sich selbst dabei im Weg stand. Die Frage war jetzt nur, welcher Teil ihres Wesens letztlich die Oberhand behalten würde.

***

„Janet, du glaubst nicht, was passiert ist?"

„Prinz Charles war in deinem Laden?"

„Ach, Quatsch. ER hat angerufen!!!"

„Prinz Charles?"

„Man, jetzt hör doch mal auf. Nein, Herr Baumgartner - ist das nicht toll?"

"Das ist allerdings eine Überraschung. Und?"

„Er hat mich gefragt, ob wir am Samstag nicht nach Stade fahren wollen. Ich bin total happy!"

„So toll ist Stade ja nun auch nicht", neckte Janet ihre Freundin weiter.

„Kannst du jetzt mal aufhören? Stade ist ein wunderschöner Ort, aber das ist völlig egal. Ich hätte mit ihm auch ein Zementwerk besichtigt - Hauptsache, wir sehen uns."

„Was ziehst du an?"

„Keine Ahnung, ich muss mal nachdenken... vielleicht das grüne Leinenkleid und dazu meine schwarzen Ballerina-Schuhe, oder nein, besser meine schwarzen Stiefel. Was meinst du?"

„Scheint okay zu sein. Dann bist du nicht zu aufgemotzt, aber auch nicht zu leger angezogen. Und flache Schuhe brauchst du bei dem Kopfsteinpflaster in Stade allemal. Schnee liegt zum Glück nicht. Vergiss deinen Mantel nicht. - Du, ich kann wirklich kaum glauben, dass er sich noch mal gemeldet hat."

„Mir gehts nicht besser. Also dann, Wolke Sieben grüsst Erde.

Machs gut."

„Gleichfalls - und viel Spass! Und ruf sofort anschliessend an, verstanden?"

„Zu Befehl!"

***

Markus Baumgartner war auf die Minute pünktlich. Er trug einen hellgrauen Flanellanzug und darunter einen hummerfarbenen Rollkragenpullover. Julia fand ihn ungeheuer attraktiv. Er brachte ihr einen Strauss weissen Flieder mit, und das im Januar. Julia verschlug es für einen Moment die Sprache. Er lächelte und fragte dann: „Wollen wir los?"

Als sie zu seinem Auto gingen, fiel ihr das erste Mal auf, dass er leicht hinkte. Er öffnete Julia die Wagentür und schloss sie auch hinter ihr. Das gefiel ihr sehr. Als sie ihre Jacke und ihre Tasche auf die Rückbank legen wollte, lag dort bereits ein Stock, offenbar sehr alt, mit einem wunderschön gearbeiteten silbernen Knauf. Nun wirkte Markus Baumgartner nicht wie jemand, der so etwas im Wagen liegenhatte, ohne es zu brauchen. Inzwischen war er eingestiegen. Jetzt merkte Julia auch erst, in was für einem Auto sie sass.

„Hm, das ist ja ein neuer 7er", schwärmte sie.

„Richtig, Sie sind ja BMW-Fan", fiel ihm wieder ein, während er losfuhr.

„Ja, der grösste jenseits Münchens", flachste sie. „was hat er denn für einen Motor? Achtzylinder oder Zwölf-?"

„Eine 740i mit acht Zylindern und 286 PS."

„Wow, super! Da fährt er maximal 250 km/h Spitze. Dann ist es mit der Beschleunigung vorbei, weil die Benzinzufuhr automatisch gedrosselt wird, schaumgebremst sozusagen."

Markus lachte: „Den Ausdruck habe ich ja noch nie gehört. Aber richtig, schneller kann man nicht fahren."

„Haben Sie es schon ausprobiert?"

„Grosser Gott, nein. Dafür habe ich ihn nun wirklich nicht gekauft."

„Schade eigentlich", stellte Julia fest. „Ich hätt's getan.

Wie alt ist er?"

„Knapp ein Jahr alt. Ich mag diese Autos einfach immer wieder."

„Wem sagen Sie das."

„Was halten Sie davon, wenn Sie fahren?"

„Wirklich?" Julia blieb fast das Herz stehen. Er nickte, fuhr an die Bordsteinkante und stieg aus. Als sie um den Wagen herumgingen, sah Julia, dass er sich auf der Motorhaube abstützte. Es bekümmerte sie, aber im Augenblick war sie viel zu aufgeregt, um weiter darüber nachdenken zu können.

„Das ist ja sowas von toll!" schwärmte sie nach einigen Minuten.

„Haben Sie auch einen BMW?"

„Nein, mein Gehalt lässt das nicht zu. Aber in Hamburg braucht man auch kein Auto, finde ich. Sie kommen mit dem Bus, mit S- oder U-Bahn überallhin. Manchmal, wenn ich zu meinen Eltern fahre, dann miete ich mir einen, aber nur einen 3er - das reicht mir völlig."

„Wo genau in Brandenburg wohnen Ihre Eltern?"

„In der Nähe von Eberswalde, rund 50 Kilometer nordöstlich von Berlin, am Rande der Schorfheide."

„War da nicht Honeckers Jagdgebiet?"

„Ja, aber vor ihm haben schon andere die Schönheit dieses Fleckchens Erde entdeckt. Der letzte deutsche Kaiser ging dort ebenso zur Jagd, wie später Hermann Göring, der übrigens dort auch sein „Carinhall" hat bauen lassen. - Na egal, es ist jedenfalls ein wunderschöner tiefer Wald, dazu viele Seen und natürlich auch viel Getier zum Jagen: Rotwild, Damwild und natürlich Schwarzwild. So ist ja auch Eberswalde zu seinem Namen gekommen. Da fällt mir ein: Sie kennen doch sicher den alten Märchenfilm „Das kalte Herz". Die Aussenaufnahmen wurden nicht etwa, wie man annehmen könnte, im Schwarzwald gedreht, wo die Geschichte spielt, sondern in der Schorfheide. Dort gab es Tannenwälder, in die traute ich mich als Kind nicht mal am hellichten Tag hinein, so dunkel und dicht waren sie."

„Das kann man sich ja kaum vorstellen."

Inzwischen hatten sie den Stadtrand von Hamburg erreicht. Julia beschleunigte und fragte: „Und wie schnell darf ich fahren?"

„Wie Sie es für richtig halten", erwiderte Markus. Nach einer kleinen Pause fragte er: „Warum sind Sie nach Hamburg gezogen?"

„Dafür gab es mehrere Gründe. Noch im Dezember 1989 habe ich Hamburg besucht, weil das lange schon mein sehnlichster Wunsch war, und prompt mein Herz an diese Stadt verloren.

Deshalb bewarb ich mich beim „Norddeutschen Verleger- und Buchhändlerverband", wurde vermittelt, und das zweite Vorstellungsgespräch war ein Erfolg. So bekam ich den Job."

„Und die anderen Gründe?" fragte Markus weiter.

„Die waren ziemlich kompliziert. Darüber möchte ich jetzt lieber nicht reden, einverstanden?" Sie sah zu ihm hinüber.

„Natürlich", er nickte. „Vermissen Sie Ihr Zuhause?"

„Ja, manchmal. Ich verstehe mich mit meinen Eltern und meinem Bruder sehr gut. Ausserdem leben fast alle meine Freunde in Eberswalde und Umgebung."

„Haben Sie denn hier keine gefunden?"

„Doch, deshalb sagte ich ja: *fast* alle. Aber die Mentalität der Menschen ist hier eine ganz andere. Im Osten haben sich Arbeitskollegen abends oft getroffen, da gab es Nachbarschaftsfeiern in den Mietshäusern, Gartenfeste, oder man traf sich in Vereinen, um dem Hobby zu frönen. Die Menschen haben zusammengehalten, sich untereinander geholfen, einer konnte sich auf den anderen verlassen, in jeder Notlage.

Hier ist das nicht so. Die Menschen sind sehr freundlich, keine Sekunde lang habe ich die hanseatische Kälte zu spüren bekommen, vor der mich alle gewarnt hatten. Aber ich bin auch nicht in diese Kreise der Gesellschaft vorgedrungen, in denen es wichtig ist, eine lange eindrucksvolle Ahnentafel vorweisen zu können, und alle blaue Siegelringe mit dem Familienwappen tragen.

Ja, die Menschen sind freundlich. Bis zu einem gewissen Punkt auch aufgeschlossen und begrenzt interessiert an anderen. Aber mit dem Feierabend endet dieses Interesse. Hier kommt niemand auf die Idee, einen mal privat einzuladen.

Es ist komisch, als im Osten alles zusammenbrach, ein neues Gesellschaftssystem entstand und sich damit *alles* änderte, als die Leute ihre Jobs und, dank der Rückführungsansprüche, ihre Häuser verloren, als die Preise für Strom, Wasser und die Mieten extrem in die Höhe schossen, interessierte das hier niemanden. Wichtig für meine Kolleginnen war, wohin der nächste Urlaub geht, was die Modefarbe des Jahres wird und welches Auto sie sich als nächstes kaufen. Erschreckend oberflächlich!

Aber, wie gesagt, ich habe auch Freunde gefunden. Sonst wäre ich sicher längst wieder zu Hause, wie so viele von uns. Die sind mit dieser Art der Altbundesbürger auch nicht klargekommen. Aber Schluss jetzt, ich rede zuviel. Entschuldigung."

„Sie brauchen sich nicht zu entschuldigen. Ich finde das alles sehr interessant. Allerdings betrübt es mich, dass Sie eine so schlechte Meinung von meinen Mitbürgern haben", meinte Markus scherzhaft.

„Habe ich ja nicht mehr. Ausserdem kann man nicht alle über 'einen Kamm scheren'. Es gibt überall solche und solche. Aber lassen Sie uns lieber von etwas anderem reden. Es ist so ein schöner Tag."

„Einverstanden."

„Gut, dann erzählen Sie mir doch ein bisschen von sich."

„Ich glaube, es gibt interessantere Gesprächsthemen", lenkte Markus ab. „Wir sind sowieso fast da."

„Soll ich in den Ort fahren?"

„Ja, parken Sie doch am Stadthafen. Wissen Sie, wo das ist?"

„Hmhm", Julia nickte.

Während sie sich auf dem Parkplatz sein Auto genauer ansah, bemerkte sie, wie mühsam Markus aus dem Wagen ausstieg. Um ihn nicht in Verlegenheit zu bringen, tat sie, als bewunderte sie weiter sein Auto. „Die Farbe ist wunderschön. Wie heisst sie?"

„Royalrot." Markus stand jetzt neben ihr.

„Das passt ja hervorragend", meinte Julia.

In der nächsten Stunde spazierten sie langsam durch den Ort, und Markus erzählte Julia viel über Stade und seine über tausendjährige Geschichte: „Können Sie sich vorstellen, dass die ersten Siedler hier bereits 10000 v.Chr. ihre Spuren hinterlassen haben?" Julia schüttelte den Kopf.

„Hmhm, und 10800 Jahre später, nämlich im 8. Jahrhundert n.

Chr., ensteht dann eine neue Siedlung mit Markt und Hafen.

Um das Jahr 1000 fallen die Wikinger hier ein. Im Jahre 1209 bekommt der Ort sein Stadtrecht. Seit dem 13. Jahrhundert ist Stade Mitglied der Hanse und will dort sogar Hamburg seinen Rang streitig machen. Während des Dreissigjährigen Krieges machen sich die Schweden hier breit und bleiben fast siebzig Jahre. Der schlimmste aller Tage ist für Stade der 26. Mai 1659: der 'Grosse Brand' zerstört zwei Drittel aller Häuser."

„Und ich dachte, die sind auch schon steinalt."

„So kann man sich irren. Aber die meisten der Häuser sind nicht älter als 300 Jahre - aber das ist doch auch schon was, oder?" Julia nickte. Sie hatte zwischendurch immer wieder den Eindruck, er hätte Schmerzen. Irgend etwas war mit seiner rechten Hüfte und dem Knie passiert. Kurzerhand hakte sie sich bei ihm unter und stützte dabei unauffällig seinen Unterarm. Er bemerkte es natürlich und sagte leise: „Danke."

„Schon okay." Und nach einer kleinen Pause fragte sie: „Wollen wir noch weiter?"

„Aber sicher. Ich habe gestern schliesslich drei Stunden damit zugebracht, mir all das anzulesen, was ich Ihnen gerade erzähle."

„Ach so, und ich war schon schwer beeindruckt, was Sie alles wissen", flachste sie.

„Das war ja der Sinn der Sache", er lächelte.

„Na, dann will ich auch noch mehr hören."

„Gut. Also weiter: Wasser spielte in Stade schon immer eine übergeordnete Rolle, logisch, liegt doch die Elbe praktisch vor der Tür. Nachdem der Ort 1209 das Stadtrecht erhalten hatte, wurde ab etwa 1230 ein Teil der heutigen Altstadt grossflächig aufgeschüttet. So entstand ein neues Hafenbecken, das sich bis heute kaum verändert hat.

Dort drüben", er zeigte Julia die Richtung, „ am Alten Hafen stehen diese wunderschönen Fachwerkhäuser aus dem 17. Jahrhundert, wie das Bürgermeister Hintze-Haus oder das Speicherhaus. 1972 begannen die Stader den gesamten Altstadtbereich zu rekonstruieren und zu sanieren. Dafür gab es mehrere Bundes- und Landespreise, was einen auch nicht wundert, wenn man diese Pracht hier sieht. Einer der schönsten Plätze ist der Fischmarkt mit seinem rekonstruierten Holztretkran. Daneben steht die..."

„Die Stadtwaage, ja, ich weiss. Dort ist eine Weinhandlung drin. Den Juniorchef kannte ich einmal sehr gut. Aber das ist lange her."

„Dann gehen wir jetzt zum Rathaus, ein von der Renaissance und dem Frühbarock geprägter Backsteinbau in Winkelform. Die Hauptfassade glänzt mit einem wunderschönen Säulenportal und zwei Statuen, die die Wahrheit und die Gerechtigkeit verkörpern."

Und ein bisschen später: „Und hier ist das Hökerhus, mit meinem Lieblingscafè. Wollen wir eine heisse Schokolade trinken?" fragte Markus. „Es ist wirklich kalt."

„Gerne", stimmte Julia zu.

Sie gingen in das kleine verträumte Cafè inmitten der Altstadt, das auch Julia jedesmal besuchte, wenn sie im Ort war.

Als sie wenig später beide gleichzeitig nach der Zuckerdose griffen, berührten sich zufällig ihre Finger. „Sie haben ja eiskalte Hände", sagte Julia entsetzt. Und ohne das ihr recht bewusst wurde, was sie tat, nahm sie seine Hände in ihre, um sie zu wärmen. Markus sagte kein Wort und liess es geschehen. Eine kleine Ewigkeit später klickte Julias Blautopas-Ring auf seinen Trauring, und plötzlich wurde Julia klar, was sie da eigentlich tat. Sie wurde feuerrot und liess sofort seine Hände los. „Oh, äh, verzeihen Sie."

Er lächelte: „Schon gut, vielen Dank. Jetzt sind sie warm."

Ihre Verwirrung amüsierte ihn. Und er hatte diese Berührung eben sehr genossen, mehr als er je gedacht hätte.

Während beide ihren Gedanken nachhingen, wurde es still am Tisch. Bis zu dem Augenblick, in dem Markus Baumgartner bemerkte, dass Julias Blick immer wieder an seinem Trauring hängenblieb.

„Ich habe ihn einfach noch nicht abgenommen ... ich bin nicht mehr verheiratet", er schwieg. Während Julia sich gerade fragte, was dieser Satz zu bedeuten hatte, lehnte sich Markus zurück, atmete tief ein und sagte dann: „ Lassen Sie uns lieber das Thema wechseln, einverstanden?"

Julia nickte.

„Woher kennen Sie Stade?" fragte Markus.

„Nun, vieles von dem, was Sie mir erzählt haben, wusste ich nicht. Ich war im Frühling 1990 das erste Mal hier, mit meinen Eltern. Ich wollte ihnen unbedingt das Alte Land während der Baumblüte zeigen. Es war wunderschön. Wie sind den Obstwanderweg entlanggefahren und haben auch in Jork Halt gemacht. Wussten Sie, dass Lessing dort 1776 geheiratet hat?"

Sie sah Markus an. Er schüttelte den Kopf. „Nein, kein Gedanke."

„Ja, ist das nicht interessant? Mein Berufskollege."

„Lessing war Buchhändler?"

„Nein, Bibliothekar. Er arbeitete übrigens zehn Jahre in Wolfenbüttel. Dort hat er auch „Nathan, der Weise" geschrieben.

Lessing liebte Niedersachsen sehr, auch wenn er in Kamenz geboren wurde."

„Wo ist das?"

„Kamenz liegt zwischen Spremberg und Dresden, am Rande der Lausitz." Julia wusste nicht, dass Markus plötzlich ganz schlecht wurde, als er den Namen Dresden hörte. Er liess sich aber nichts anmerken und Julia erzählte ungestört weiter: „Meine Oma, ihre Schwestern und alle Kinder der Familie, mein Vater war damals gerade sechs Jahre alt, sind 1945, als noch kurz vor dem Kriegsende die Russen über die Neisse kamen, aus Forst, wo sie wohnten, geflohen. Sie wollten nach Kamenz, konnten dann aber schon in Strassgräbchen bleiben. Übrigens bin ich auch in Forst geboren."

„Aber viel später!"

„Ja, kann man sagen", Julia lachte. „Jedenfalls bin ich mit meinen Eltern bis nach Cuxhaven gefahren. Wir wollten uns Ebbe und Flut ansehen. Aber eigentlich", Julia lachte wieder, „war die ganze Zeit Ebbe. Mein Vater meinte noch, er könne nicht verstehen, wie man im Urlaub an ein Meer fahren kann, das fast nie da sei."

Markus lächelte ebenfalls: „Aber das sind doch immer nur sechs Stunden."

„Ja, aber mein Vater ist ein absoluter Ostsee-Fan. Er fährt mit meiner Mutter am liebsten an den Alten Strom nach Warnemünde. Das ist ein Stadtteil von Rostock", fügte sie erklärend hinzu. „Ausserdem liegen diese besagten sechs Stunden so zwischen 11 Uhr und 17 Uhr. Das wechselt natürlich, aber irgendwie ist das die Zeit, in der die meisten Leute das Meer sehen wollen. Wobei, das stimmt auch nicht ganz", korrigierte sie sich. „Viele kommen genau, *weil* Ebbe ist. Da kann man nämlich ganz tolle Spaziergänge machen. Ausserdem habe ich festgestellt, das das optisch phantastisch aussieht. Das menschliche Auge erkennt scheinbar auf grössere Entfernungen keinen Unterschied mehr zwischen verschiedenen Abständen. Das heisst, wenn Sie in Cuxhaven auf dem Deich stehen, sehen Sie Leute, die durch das Watt laufen, dem Meer entgegen. Und es kommt Ihnen vor, als würden kurz vor diesen Spaziergängern schon die richtig grossen Schiffe vorbeifahren, obwohl dazwischen sicherlich ein paar Kilometer liegen. Das sieht total klasse aus!"

„Ihnen hat es aber augenscheinlich gefallen?"

„Ja, ich liebe die Nordsee. Allerdings fahre ich seit Jahren lieber nach Nordfriesland, in ein kleines Dörfchen. Dort ist es wunderschön! Kennen Sie die Halligen? Ich fahre jedes Jahr im April oder September hoch, dann sind nicht viele Touristen dort. Es ist Entspannung pur: absolute Stille, nur das Meer und dieser ständige Wind - phantastisch!"

„Ich weiss, was Sie meinen. Ich habe ein Haus auf Nordstrand," erwiderte Markus.

Ohne gross nachzudenken, platzte Julia heraus: „Dann sollten Sie erst recht mitkommen!" Kaum hatte sie es gesagt, schoss ihr die Röte ins Gesicht und sie dachte: 'Na toll, wie überaus geistreich!' Laut sagte sie: „Entschuldigung, ich weiss nicht, was in mich gefahren ist."

Markus lächelte: „Ihre Idee ist gar nicht so schlecht, darauf werde ich vielleicht zurückkommen. - Aber wollen wir jetzt fahren? Es wird schon dunkel."

„Ja, natürlich", erwiderte Julia, froh, dass er so reagiert hatte.

Je näher sie Hamburg kamen, desto nervöser wurde Julia. Sie hatte Angst, dass er sie wie beim letzten Mal nach Hause bringen würde und das war's dann wieder.

Sie dachte daran, ihn am nächsten Tag zu sich zum Essen einzuladen. Aber war das nicht noch zu früh? Markus Baumgartner machte auf sie den Eindruck, als müsse sie ihm viel Zeit lassen. Aber was dann? Ein Besuch bei Hagenbecks? Doch dann fielen ihr seine

Beschwerden und der Stock ein und sie dachte, dass lange Spaziergänge sicher nicht das richtige wären. Plötzlich hatte sie eine Idee.

Als sie die Stadtgrenze von Hamburg erreicht hatten, fragte Markus: „Darf ich Sie noch zum Essen einladen? In der Dorotheenstrasse soll es einen phantastischen Spanier geben. Ist das nicht bei Ihnen um die Ecke?"

„Ja, ein paar Strassen weiter. Ich weiss aber nicht, wie er ist. Ich war noch nicht dort."

„Na, dann versuchen wir's doch einfach", erwiderte Markus.

Julia war froh, dass sie noch länger mit ihm zusammen sein konnte. Hunger hatte sie allerdings überhaupt nicht, dafür fühlte sie hundert Schmetterlinge in ihrem Bauch.

Als dann jedoch eine grosse gusseiserne Pfanne mit dampfender Paella vor ihr stand, kam der Appetit und sie liess es sich schmecken. Markus hatte einen trockenen Rotwein ausgesucht, und als sie anstiessen, sagte er leise: „Es ist schön mit Ihnen. Vielen Dank." Julia wurde verlegen: „Ich danke *Ihnen*."

Nach dem Essen zündeten sich beide eine Zigarette an. Dann erzählte Julia Markus von einem Weihnachtsfest bei ihren Eltern, bei dem fast alles schief gegangen war. Sie übertrieb ein bisschen und nahm sich selbst nicht ernst, so dass Markus viel lachte. Nachdem er Wein nachgeschenkt hatte, sah er sie an und schwieg. Julia fühlte sich ganz kribbelig bei diesem Blick, und sie fragte: "Was ist?"

„Das können Sie gut", antwortete er. „Andere zum Lachen bringen. Das ist selten."

„Das glaube ich nicht. Es liegt bei uns in der Familie. Was meinen Sie, wie ich mit meinem Vater oder meinem Bruder oft herumflachse. Humor ist wichtig, dann übersteht man auch die eine oder andere Krise."

„Ist das wirklich so?" fragte er nachdenklich.

„Ja, meiner Erfahrung nach ist das so. Es gibt viel zu viele Menschen, die verbissen und verbittert durchs Leben gehen. Dazu will ich nicht gehören."

„Aber das Leben ist doch nicht bloss ein ewiger Spass."

„Das habe ich auch nicht gesagt", erwiderte Julia leise. Sie drehte am Stil ihres Glases und sah den Wein im Kerzenlicht schimmern. „Es kommt nur darauf an, wie man mit Krisen, Enttäuschungen, Rückschlägen und Ärger umgeht," fuhr sie fort. „Und da fand ich Witz, oder, wenn Sie so wollen Galgenhumor, immer schon sehr wichtig. Man sollte sich selbst nicht zu ernst nehmen."

„Das sagt sich so leicht," Markus starrte in seinen Wein.

„Verzeihen Sie mir", sagte Julia erschrocken. „Ich meinte das nur ganz allgemein. Ich wollte Ihnen nicht zu nahe treten."

„Das sind Sie nicht. Und trotzdem", er trank einen Schluck, „manchmal fällt es einem schwer, seinen Humor zu bewahren.

„Zweifellos richtig", stimmte sie zu, dann zündete sie sich erneut eine Zigarette an. „Wollen Sie darüber reden? Ich kann gut zuhören."

„Nein, besser nicht. Der Tag war bisher so schön. Ich möchte gern, dass das so bleibt."

'Was meint er nur damit?' fragte sich Julia.

Laut sagte sie: „Darf ich Sie etwas fragen?"

„Aber natürlich."

„Kennen Sie 'The Last Night of the Proms'?"

„Ich habe davon gehört. Ist das nicht eine Festver-anstaltung in Grossbritannien, wenn die Musik-Saison zu Ende geht?"

„Richtig. Ich möchte Sie gern einladen, zur 'Last Night of the Proms', bei mir findet die allerdings morgen vormittag um 11 Uhr statt."

„Das verstehe ich jetzt zwar nicht ganz..."

„Bitte lassen Sie sich überraschen. - Eiverstan-den?"

„Gut, in Ordnung. Um 11 Uhr bei Ihnen?"

„Hm". Julia legte ihre Hand auf seine und sagte leise: „Ich freu' mich." Er legte seine zweite Hand auf ihre, sah sie an und sagte: „Ich auch."

Später brachte er sie nach Hause. Als der Wagen vor der Tür hielt, wusste sie nun, dass sie sitzenblei-ben musste. Er ging um das Auto herum, öffnete die Tür und gab ihr seine Hand, um ihr beim Aussteigen zu helfen. Julia fand das phantastisch.

An der Tür gab er ihr noch einmal die Hand und sagte: „Gut, dann bis morgen."

Spontan umarmte sie ihn, küsste ihn auf die Wan-ge und flüsterte dann in sein Ohr: „Ich kann's kaum erwarten."

\*\*\*

„Ich dachte schon, du hast mich vergessen", be-klagte Janet sich gerade. „Es ist schon nach 23 Uhr!"

„Ich bin vor einer Minute gekommen."

„So spät? Mann, da scheint ja dein 'Date des Jahrhunderts' doch noch eine Fortsetzung gefunden zu haben."

„Hmmm, Janet, es war wunderschön."

„Aha, du schnurrst, das sagt alles. Und?"

„Was, und?"

„Wie es weitergeht will ich wissen!"

„Er kommt morgen zum Brunch zu mir."

„Echt? Das ist ja super! So schnell? Ich hätte nicht gedacht, dass du ihn gleich zu dir einlädst."

„*Ich* hab nicht gedacht, dass er die Einladung wirklich annehmen würde."

„Tja, wer kann deinem Charme schon widerstehen?"

„Ach, hör auf. Ich bin so was von aufgeregt. Heute nacht werde ich keine Minute schlafen können, soviel ist schon mal sicher."

„Dann kannst du ja noch Plätzchen backen, den Tisch decken und die Nachbarn mit Staubsaugergeräuschen beglücken."

„Janet, du bist unmöglich!"

„Ich weiss, deshalb sind wir ja befreundet. Also - viel Glück für morgen! Schlaf gut."

„Danke, das kann ich brauchen. Schlaf du auch gut."

***

„Also, hört genau zu, ich werde es nicht wiederholen. Wenn die merken, dass ich telefoniere... Fischer hat für Dienstag einen Überfall der Hauptfiliale der

Alster-Bank geplant. Punkt 12 Uhr. Also, wenn ihr ihn haben wollt, dann seid da."

Bernd Hansen atmete auf. Endlich hatten sie ihren Hinweis. Jetzt blieb nur zu hoffen, dass Dieter Findeisen heil aus dieser ganzen Sache herauskam.

Hansen ging zu seinem Chef. Pit Petersen war erstaunt über diese Information: „Warum überfällt er eine Bank? Der wird sich doch denken können, dass wir ihn nicht aus den Augen lassen. Fischer ist doch kein Anfänger!"

„Vielleicht braucht er die Kohle?"

„Der hat ausreichende Finanzmittel, da machen Sie sich mal keine Sorgen. Selbst *wir* wissen nach drei Jahren immer noch nicht genau, woher das Geld eigentlich kommt.

Ich habe ein ungutes Gefühl bei der Sache. Hat Dieter gar nichts anderes für uns? Irgendwas stimmt hier nicht!"

„Seien Sie doch nicht immer so misstrauisch. Warum soll Fischer keine Bank überfallen? Wie Sie schon richtig gesagt haben, er ist ein Profi. Ausserdem hat der Mann ein Ego, das ist unglaublich. Wahrscheinlich denkt er, er kann uns austricksen."

„Wir werden am Dienstagmittag wissen, ob es ihm gelungen ist."

\*\*\*

Julia war verliebt. In dieser Nacht gestand sie es sich ein. Sie konnte keine Minute schlafen, genau, wie sie es erwartet hatte. Also stand sie auf, deckte den Tisch, backte Plätzchen und ihren Spezial Scho-

ko-Kirsch-Kuchen und machte einen Obstsalat. Dann
war es aber erst kurz nach vier Uhr. Sie ging nochmal
ins Bett und dachte sich in den nächsten drei Stunden
die schönsten Dinge aus, die sie mit Markus zusammen tun wollte. Als das Morgengrauen endlich he-
raufzog, duschte sie, wusch ihr Haar und stand dann
wieder einmal vor ihrem Kleiderschrank. Sie entschied sich für den langen zimtfarbenen Wollrock mit
passendem Pullover. Ihre Bärchen-Hausschuhe ver-
bannte sie unter das Bett und zog flache braune Balle-
rinas an. Als sie sich anschliessend im Spiegel betrachtete, war sie zufrieden. Der Rock verdeckte ein
paar unliebsame Pfunde, die sie partout nicht los wurde. Die Farbe stand ihr gut, sie passte zu ihrem kup-
ferfarbenen Haar und ihren blaugrauen Augen. Auch
dieses Mal legte sie kein grosses Make-up auf, sondern begnügte sich mit einem leichten Puder, der die
Zartheit ihrer Haut nur unterstrich. Sie schminkte ihre
Augen, so dass sie noch grösser wurden und trug ein
bisschen Lipgloss auf ihrem Mund auf. So, das reichte.

Sie legte ihre goldenen Ohrstecker mit den kleinen
Herzchen an und befestigte die dazu passende Bro-
sche an ihrem Pullover. Zum Schluss legte sie noch
einen Hauch ihres Lieblings- Parfums auf. Sie erinnerte sich, dass sie damals dreimal in die Parfümerie
und wieder hinausgegangen war, weil sie der Preis so
schockierte hatte. Letztlich hatte sie es sich aber dann
selbst zu Weihnachten geschenkt. Bis gestern war die
Flasche jedoch verschlossen geblieben, denn dieser
Duft bedurfte eines ganz besonderen Anlasses.

Alles war fertig, der Tisch gedeckt, die Cassette im Videorecorder. Schnell las sie noch einmal den Text dazu durch.

Inzwischen war es Viertel vor elf. Ihre Hände zitterten und waren eiskalt. 'Jetzt reiss dich zusammen!' Am liebsten hätte sie einen Schnaps getrunken, aber dafür war es nun wirklich noch zu früh. Das alte Beruhigungsmittel ihrer Oma kam ihr in den Sinn: Baldrian. Aber man stank widerlich, wenn man ihn getrunken hatte. Das war also auch nichts. Apropos Oma, Julia fiel siedendheiss ein, dass ihre Oma ja um 15 Uhr mit dem Kaffee auf sie warten würde, so wie jeden Sonntag. Schnell rief sie sie an.

„Bitte Omi, sei nicht böse, ich kann heute nicht."

„Ach, Kind, ich hab mich schon so gefreut. Musst du arbeiten?"

„Nein, nein. Ich... ich habe eine Verabredung."

„Was? Wer ist er? Du hast ja noch gar nichts erzählt!"

„Bisher gab es auch nicht so viel zu erzählen. Wir waren gestern in Stade, es war wunderschön. - Er kommt gleich zu mir."

„In deine Wohnung? Seit wann kennt ihr euch?"

„Ja, Omi, in meine Wohnung. Er wirkt nicht wie ein perverser Triebtäter, falls du das meinst."

„Nun sei doch nicht gleich eingeschnappt. Ich dachte nur, so schnell..."

„So schnell ist das gar nicht. Wir kennen uns eigentlich schon seit Anfang Dezember. Aber das ist eine längere Geschichte, die ich dir bei Gelegenheit mal erzähle, einverstanden?"

„Ich bin jetzt schon gespannt. Also gut, Kind, dann
wünsch' ich dir viel Spass."

„Ja, Omi, danke. Es wird sicher schön." Julia legte
auf. Das würde noch ein Theater geben, wenn sie ihr
von Markus erzählen würde, und wie alt er war. Ihre
Oma war so schrecklich konservativ. Manchmal
wünschte sie, ihre andere Oma, die aus Mannheim,
wäre hier. Mit ihr konnte sie immer alles ganz toll
bereden. Sie kannte alle Geheimnisse Julias und
wusste mehr als deren Eltern. Ja, ihre Mannheim-Omi
würde sie heute abend anrufen.

Es klingelte an der Tür. Markus stand draussen. Er
trug den gleichen Flanellanzug wie gestern, allerdings
heute mit einem dunkelblauen Rollkragenpullover
und Julia fand wieder, dass er einfach toll aussah.

„Herzlich willkommen", sagte Julia, gab ihm die
Hand und als er eintrat, bekam er wieder einen Kuss
auf die Wange. „Schön, dass Sie gekommen sind",
sagte sie dann.

„Ich freu' mich auch", erwiderte er und drückte ihr
einen Strauss rostfarbener Rosen in die Hand.

„Vielen herzlichen Dank, aber das war doch nicht
nötig."

„Wieso, mögen Sie keine Blumen?" Er lächelte.

'Oh, dieses Lächeln', dachte Julia wieder. Laut
sagte sie:

„Doch, sehr sogar."

„Na, also. Hier hab ich noch etwas." Er holte eine
Flasche Champagner aus einem kleinen Beutel, den er
in der Hand gehalten hatte. „Zu einem richtigen
Brunch gehört auch Champagner, meinen Sie nicht?"

„Keine Ahnung", lachte Julia. „Ich habe noch nie einen Bruch gemacht und ich habe auch noch nie Champagner getrunken."

„Dann wird es aber Zeit", erwiderte Markus.

Julia bat ihn ins Wohnzimmer und bot ihm einen Platz an.

„Einen kleinen Moment noch, ich will nur schnell die Rosen in eine Vase stellen." Sie ging hinaus. Markus sah sich in aller Ruhe das Zimmer an. An den Fenstern hingen kurze Stores in gelb und Übergardinen im Ethno-Druck. Davor standen mindestens zwanzig Grünpflanzen unterschiedlichster Grösse. Zwischen die Fenster hatte jemand über die ganze Höhe ein Regal gebaut, dass vollgestellt war mit Videocassetten in knallroten Hüllen. Die gegenüberliegende Wand wurde von einem riesigen Bücherregal beherrscht. Auf einer der langen Seiten stand vor einem grossen Wandposter mit dem Foto eines riesigen Wintergartens eine Sitzgruppe aus massiver Kiefer mit beigen Kissen. Auf der anderen Seite stand der Esstisch mit passenden Holzstühlen. Markus hatte noch nie so ein Zimmer gesehen, und einen Moment lang war er überrascht. Aber es gefiel ihm, weil es zu Julia passte. Jetzt sah er, dass der grosse Tisch aus gelaugtem Holz vollstand mit allerlei Köstlichkeiten. Als Julia wieder in das Zimmer kam, mit der Blumenvase in der Hand, fragte er: „Haben Sie noch mehr Leute eingeladen?"

„Nein. - Ich weiss, ich habe viel zu viel gemacht. Aber das scheint eine Urangst von uns Frauen zu sein: die Angst, das Essen könnte nicht reichen." Sie stellte die Blumen auf den Tisch. „Ausserdem, so hat man eine grössere Auswahl. Hier sind unsere Gläser." Sie setzten sich an den Esstisch. Markus öffnete die Flasche und beide stiessen an. „Herzlichen Dank für die Einladung", sagte er.

„Auf einen schönen Tag", erwiderte Julia.

Nachdem sie einen Schluck gekostet hatte, sagte sie: „Die Farbe ist zwar eine andere, aber das es so viel anders als Sekt schmeckt, kann ich nicht sagen. Ist das schlimm?"

„Um Himmels willen", lachte Markus. „Das ist doch in Ordnung. Ich finde auch nicht, dass der Unterschied so riesengross ist, wie die Snobs meinen."

„Das beruhigt mich. So, möchten Sie Kaffee oder Tee?"

„Tee, bitte. Haben Sie den Kuchen selbst gebacken?"

„Ja, die Plätzchen auch. Ich hoffe, Sie greifen zu?"

„Ja, gern. Aber wann haben Sie denn das alles noch gemacht? Es war doch schon ziemlich spät gestern abend."

„Tja, eine Frau hat eben ihre Geheimnisse", flachste Julia. „Doch jetzt zur 'Last Night of the Proms'. Bevor die Cassette beginnt, will ich Ihnen noch ein bisschen darüber erzählen: Die Idee zu dieser Art Konzert ist schon sehr alt. Bereits 1895 wurde der Dirigent Henry Wood Leiter der Promenade Concerts in Queens's Hall. Mit seiner Ernennung änderte sich das Progamm der Konzerte drastisch, denn Wood begann, neben bedeutenden Werken des klassischen Repertoires auch zum ersten Mal in Grossbritannien zeitgenössische Musik, wie etwa von Max Reger, Debussy, Richard Strauss oder Skrijabin aufzuführen.

1911 wurde Wood in den Adelsstand erhoben, und seit 1927 wird diese Konzertreihe von der BBC übertragen. Sir Henry Joseph Wood dirigierte ein halbes Jahrhundert hindurch in den zwei Monaten der Saison an sechs Tagen der Woche Konzerte, die eine Einführung in die Musik jeder Art bedeuteten. Er bot seinem begeisterten Publikum in der Royal Albert Hall und anderswo ein breites Spektrum an Orchester-, Vokal- und Kammermusik. Das tragische ist, dass er, fünfundsiebzigjährig, während der 50-Jahr-Feier der Promenade Concerts starb, die trotz des deutschen Bombardements auf London fortgesetzt wurden.

In jedem Jahr gibt es ein Abschlusskonzert der Saison, dass die BBC heute noch überträgt, inzwischen auch nach Deutschland. Bedeutende und beliebte Dirigenten und ein närrisches Volk, wie Sie gleich sehen werden, tummeln sich dazu in der Royal Albert Hall." Julia trank einen Schluck Saft.

„Was Sie alles wissen", staunte Markus.

„Vorhin gelesen", feixte Julia. „Kommt Ihnen das nicht bekannt vor?"

„Erinnert mich irgendwie an Stade," flachste er.

'Ich wusste doch, dass er Humor hat', dachte Julia.

„Gut, dann schauen wir uns das jetzt an, und Sie lassen es sich bitte schmecken. Der Tisch kann leer werden."

Nach knapp einer Stunde ging die Übertragung ihrem Ende entgegen. „Und jetzt kommt mein Lieblingsstück", sagte Julia. „Edward Elgar's 'Pomp and Circumstance'. Kennen Sie das?"

„Vielleicht vom Hören, ich bin mir nicht sicher."

„Dann passen Sie mal auf, das ist wunderschön, so richtig britisch."

Nachdem die Übertragung beendet war, fragte Julia: „Und?"

„Ja, phantastisch. Ich kenne das Stück. Aber die Briten können es halt am besten spielen."

„Mit einer Ausnahme."

„Und die wäre?"

„Wenn Leonard Bernstein dirigiert. Das ist die absolute Vollendung, jedenfalls für mich. Die Engländer werden das anders sehen. Haben Sie noch Lust auf klassische Musik?" Markus nickte.

„Dann spiele ich Ihnen mal eines meiner absoluten Lieblingsstücke vor: Elgar's 'Nimrod-Variation' mit dem BBC Symphony Orchestra unter der Leitung von Leonard Bernstein. Aber vorher können wir uns auch rübersetzen, ich bin sowas von satt. Wie ist's mit Ihnen?"

„Ich kann auch nicht mehr. Alles war wirklich köstlich. Sie haben sich soviel Arbeit gemacht."

„Ist schon in Ordnung, das hab ich gern getan."

Markus setzte sich auf die Couch, Julia legte die CD ein, und setzte sich dann in den Sessel daneben.

Sie schloss die Augen und gab sich ganz der Musik hin. Als sie sie wieder öffnete und Markus ansah, bekam sie einen Schreck. Sein Gesichtsausdruck hatte sich völlig verändert. Er sah aus, als würde er mühsam um Fassung ringen.

'Verdammt,' schalt sie sich, 'warum musst du ausgerechnet diesen Teil aussuchen, der einem nicht bekommt, wenn man Kummer hat.' Mit der Fernbedienung wechselte sie das Stück, dann legte sie ihre

Hand auf seine linke, die neben ihr auf der Couchlehne lag und fragte leise: „Was ist los?"

Er sah aus, als wäre er mit seinen Gedanken ganz woanders gewesen. „Nichts." Sie wusste sofort, dass das nicht stimmte.

Spontan setzte sie sich neben ihn auf die Couch, nahm die Füsse hoch und drehte sich so, dass sie ihn ansehen konnte. Dann nahm sie seine rechte Hand in ihre beiden Hände und fragte noch einmal: „Was ist denn?"

Er schloss die Augen, legte den Kopf in den Nacken und sagte:

„Ich möchte nicht darüber reden."

Sie streichelte mit der linken Hand seine Wange und erwiderte leise: „Es wäre aber besser."

Ohne seine Position zu verändern, fragte er: „Für wen?"

„Für dich." Und mit diesen beiden Worten, zusammen mit ihrer liebevollen Geste, erreichte Julia genau das, was Markus seit drei Jahren krampfhaft zu verhindern suchte. Er verlor seine Fassung. Julia sah es, veränderte ihre Haltung und nahm in in die Arme. Sie dachte keinen Augenblick darüber nach, dass sie diesen Mann erst wenige Stunden kannte, und Markus tat es auch nicht. Jetzt zählte nur dieser Moment der Nähe,der Liebe und des Trostes.

Nach einigen Minuten hatte er sich wieder in der Gewalt. Julia liess ihn los und lehnte sich zurück. Er sah sie an und es brach ihr fast das Herz, als sie den Schmerz in seinen Augen sah. Leise und stockend begann er zu erzählen:

„Es war unser dreissigster Hochzeitstag. ... Ich hatte Anna eine Reise nach Wien geschenkt, die hatte sie sich schon lange gewünscht. ... Unsere Ehe war nicht die beste, ich nahm mir zuwenig Zeit, die Geschäfte waren mir immer wichtiger. ... Na ja, jedenfalls war das Wochenende in Wien wunderschön. Wir fühlten uns wie frisch verliebt, und auf dem Rückflug sagte Anna mir noch, wie glücklich sie sei ... dann, ein paar Minuten später, begann das Flugzeug zu schwanken und plötzlich stürzte es in die Tiefe. ... Es waren schreckliche Sekunden....“ Er strich sich über das Gesicht und trank einen Schluck. Die ganze Zeit hielt seine andere Hand die Julias fest umklammert.

„Die Geräusche waren furchtbar, Metall riss, irgendwo knallte es, so als wären wir gelandet, dann war alles voller Qualm. ... Ich weiss noch, dass ich dachte: 'So, dass war's dann' und mir schreckliche Sorgen machte, weil ich Anna nicht mehr sah ... Die Zeit schlich endlos dahin. Vielleicht habe ich auch zwischendurch das Bewusstsein verloren, keine Ahnung. Woran ich mich jedenfalls erinnere, ist, dass Anna ein paar Meter entfernt von mir lag ... irgendein schweres Metallteil lag auf meiner rechten Seite, ich konnte mich nicht bewegen, ich spürte irgendwann auch mein Bein nicht mehr, aber das war nicht das Schlimmste....“

Er holte tief Luft. „Das Schlimmste war, dass ich nicht zu Anna konnte, ihr nicht helfen konnte ... immer wieder rief sie meinen Namen, ich ... ich höre ihn heute noch in meinen Träumen ... ich konnte nicht zu ihr ... es war schrecklich.“ Er schwieg. Julia fragte leise: „Und niemand kam euch zu Hilfe? Das verstehe ich nicht!"

„Wir sind über dem Elbsandsteingebirge abgestürzt. Später habe ich gehört, dass es schwierig war, die Absturzstelle genau zu orten, trotz des Peilsenders am Flugschreiber. Ausserdem erschwerte ein Unwetter die Suche. Für meine Frau und über dreissig andere Passagiere war es zu spät. ... Mich brachten sie in ein Krankenhaus in Dresden. ... Ich wollte, dass sie mich in Ruhe liessen. Doch das taten sie nicht. Sie flickten mich wieder zusammen und der Professor meinte, ich hätte grosses Glück gehabt... „ er lachte bitter, „ich wäre lieber tot gewesen." Sie nahm ihn noch einmal in die Arme. Er liess es wieder zu. Leise fragte Julia: „Habt ihr Kinder?"

„Ja, eine Tochter, Cornelia. Sie war damals schon erwachsen, sie hätte mich nicht gebraucht."

„Ich glaube, da irrst du dich. Es war sicher einfacher für sie, über den Tod ihrer Mutter hinwegzukommen, weil sie dich hatte."

„Möglicherweise...", er sagte das so zweifelnd, dass Julia erstaunt war. Aber jetzt war nicht der richtige Moment, um über Markus' Verhältnis zu seiner Tochter nachzudenken.

Sie war froh, dass er ihr alles erzählt hatte.

Jetzt merkte sie auch, wie sehr sie seine Nähe genoss, und obwohl sie sich im nächsten Augenblick dafür schämte, gab es einen kleinen Teil in ihrem Herzen, der jubelte, weil er nicht verheiratet war. Sie sagte in sein Ohr: „Ich glaube, wir sollten jetzt einen Cognac trinken." Er wirkte so, als sei es ihm peinlich, sich so gehengelassen zu haben.

Deshalb tat Julia, als wäre nichts geschehen, stand auf, goss zwei Schwenker voll und nahm die Zigaretten mit. Als sie wieder auf der Couch sass, gab sie ihm ein Glas und zündete dann eine Zigarette an, die sie ihm ebenfalls reichte. Dann zündete sie sich selbst eine an, und nachdem beide einen Zug genommen hatten, tranken sie den Cognac.

Als ihr die Sonne ins Gesicht schien, merkte sie, dass sich das Wetter gebessert hatte und der Tag noch schön zu werden schien. Es war erst kurz nach 13 Uhr, stellte Julia erstaunt fest, als sie auf ihre Uhr sah. Auch wenn es schien, als wäre die Zeit in der letzten Stunde in diesem Zimmer stehengeblieben, war draussen das Leben weitergegangen.

Auch Markus bemerkte jetzt die Veränderung. „Was hältst du von einem kleinen Spaziergang? Ich muss an die Luft."

„Kein Problem. - Übrigens, ich heisse Julia." Sie reichte ihm seinen Cognacschwenker. „Markus." Sie stiessen an. Dann zog sich Julia Stiefel an, Markus half ihr in den Mantel und sie gingen hinunter. Als er seinen Mantel aus dem Wagen nahm, der vor dem Haus stand, öffnete Julia die andere Seitentür und nahm seinen Stock heraus. „Willst du den nicht mitnehmen?"

Als er zögerte, sagte sie: „Ist heute ein guter oder ein schlechter Tag?"

Erstaunt fragte er: „Du weisst...?"

„Ja, ich sagte doch, ich habe vier Jahre in einem Krankenhaus gearbeitet. Was meinst du, was dir die Patienten alles erzählen, wenn du die einzige bist, die sich die Zeit nehmen kann, ihnen wirklich zuzuhören. Also, was ist für ein Tag?"

„Eigentlich ein guter."

„Wunderbar, dann lassen wir ihn hier." Und damit legte sie den Stock zurück in den Wagen.

Als sie in den gegenüberliegenden Park gingen, hakte sich Julia wieder bei ihm unter und stützte ihn ein bisschen.

Als er sich bedanken wollte, sagte sie: „Du brauchst dich nicht jedesmal zu bedanken. Das ist doch selbstverständlich."

„Du überraschst mich immer wieder", sagte Markus.

„Wunderbar", Julia lachte. „So muss es sein."

„Nein, aber im Ernst, danke, dass du mir zugehört hast."

„Ist schon in Ordnung. Du hast das die letzten drei Jahre mit dir herumgetragen, oder irre ich mich?"

„Nein, du hast recht. Aber ich möchte jetzt wirklich nicht mehr darüber reden, einverstanden? Lass uns doch diesen schönen Tag geniessen."

„Gut, ganz wie du willst. Ist dir nach Trubel oder möchtest du lieber Ruhe?"

„Hm, ein bisschen Trubel wäre im Moment gar nicht so schlecht, warum?"

„Dann habe ich eine Idee: wir fahren zur Binnenalster. Die ist doch zugefroren und da ist an den Wochenenden eine Menge los. Hättest du Lust?"

Er überlegte einen Moment. „Ja, wenn du fährst."

Sie wollte ihn gerade vorschlagen, mit der U-Bahn zu fahren, als sie an diese endlosen Treppen dachte, und das das bestimmt nicht so gut für ihn sei. Also sagte sie: „Bitte nicht. Ich hasse es, in der Innenstadt Auto zu fahren. Das musst du schon selbst tun."

Wie Julia vorhergesagt hatte, schien sich halb Hamburg auf der Alster zu tummeln. Die meisten hatten Schlittschuhe an ihren Füssen, aber es gab auch unzählige Spaziergänger. An den Seiten standen Buden, die gebratene Würstchen, Glühwein und andere Leckereien verkauften. Aus grossen Lautsprechern hallte Musik über das Eis.

„Es ist dir nicht zu laut?" fragte Julia gerade.

„Es ist genau richtig", erwiderte Markus.

Nachdem sie sich eine ganze Weile in das Getümmel gestürzt hatten, merkte Julia, dass Markus' Schmerzen zunahmen. Er sagt kein Wort, aber sie spürte es. Deshalb schlug sie vor:

„Wollen wir nicht in die 'Alster-Terrassen' gehen und heisse Waffeln mit Kischen essen? Mit ist jetzt kalt."

„Ich habe auch genug", stimmte er zu.

Am späten Nachmittag brachte Markus Julia wieder zu ihrer Wohung. Als er sich verabschieden wollte, fragte sie:

„Willst du nicht noch bleiben?" Markus hatte auf der Fahrt schon darüber nachgedacht, ob er Julias Wohnung mit all dem, was am Vormittag passiert war, jetzt ertragen konnte.

Als hätte sie seine Gedanken geahnt, sagte sie: „Ich räum' schnell alles weg, und du siehst dir inzwischen den Rest meiner Behausung an, ja?" Er stimmte zu, froh, nicht jetzt schon heimfahren zu müssen.

Während Julia aufräumte, merkte sie, dass sie todmüde war. Jetzt machte sich der fehlende Schlaf der letzten Nacht bemerkbar. Kurzerhand ging sie zu Markus ins Schlafzimmer und fragte ihn: „Was hältst du von einem kleinen Schläfchen? Ich bin irgendwie fertig." Er sah sie an, und einen entsetzlichen Moment lang dachte Julia, sie sei zu weit gegangen. Doch dann lächelte er und sagte: „Warum nicht?"

„Wunderbar, ich ziehe schnell die Couch aus."

Knapp zehn Minuten später hatte sie sich an ihn gekuschelt und war fest eingeschlafen. Markus genoss ihre Wärme, ihren Duft, und obwohl ihm so vieles durch den Kopf ging, dass er dachte, nicht schlafen zu können, fielen ihm auch bald die Augen zu.

Als Julia erwachte, war es draussen dunkel. Einen Augenblick lang war sie sich nicht sicher, ob sie träumte, als sie Markus neben sich sah. Er schlief noch, und sie hörte sein leises Atmen. Sie stützte ihren Kopf auf eine Hand und betrachtete ihn im Licht der Strassenlaterne, das von draussen hereinfiel.

Es war unglaublich, er war wirklich hier, bei ihr. Sie liebte den Duft seines Rasierwassers, und immer wieder wanderte ihr Blick zu seinem schönen Mund. Sie musste ihn jetzt einfach küssen. Er erwachte davon, küsste sie auch und Julia wusste plötzlich ganz sicher, dass sich ihr Traum heute erfüllt hatte.

Irgendwann an diesem Abend zogen sie von der Couch um in Julias grosses Bett. In dieser Nacht hatte Markus nach langer Zeit das erste Mal keine Albträume mehr.

\*\*\*

Eine ganze Woche lang schwebte Julia weiter auf Wolke Sieben.

Markus holte sie abends vom Laden ab, sie gingen essen, ins Kino, sahen sich Ausstellungen an und waren glücklich. Dass Markus ihr noch nicht sein Haus gezeigt hatte, störte Julia nicht weiter. Sie wusste ja, dass er eine Tochter in ihrem Alter hatte, und irgendwie verspürte sie keine Lust, sie kennenzulernen. Das Markus erst *ihr* alles erzählen konnte, und nicht seinem eigenen Kind, das sagte schon viel über Cornelia aus.

Die Zeit verging wie im Flug, und beide genossen jede Minute, die sie zusammen sein konnten. Markus war sanft und zärtlich, witzig und warmherzig, ein bisschen romantisch und wundervoll altmodisch, genauso wie Julia sich ihren Traummann immer vorgestellt hatte. Dass er zudem noch phantastisch aussah, war einfach unglaublich.

Markus hingegen war verzaubert von Julias Wärme, ihrem Takt und ihrem Verständnis. Er liebte ihre Spontanität und ihre schiere Lebensfreude. Mit ihr zusammen sah er die Welt mit ganz anderen Augen. Sie tat ihm einfach gut.

Doch wie das so ist mit Beziehungen, die nicht den sogenannten Normen entsprechen, liess der Ärger nicht lange auf sich warten.

Eine Woche gelang es Markus, seiner Tochter mehr oder minder aus dem Weg zu gehen. Wenn er am frühen Vormittag nach Hause kam, war Cornelia bereits in der Apotheke. Hatte sie Feierabend, war er auf dem Weg, Julia abzuholen. Er wusste, dass er einer Diskussion damit nur aus dem Weg ging, aber er hatte keine Lust auf Streit. Er wollte einfach tun, was ihm gefiel.

Auch Julia hatte keine Lust auf Diskussionen. Sie hatte das Glück, das ihre beste Freundin Janet sich so verhielt, wie es gute Freunde tun sollten: sie tolerierte das Ganze. Anders sah es bei Julias Verwandtschaft aus. Ihre Eltern und ihr Bruder wussten bisher zwar noch nichts von Markus, aber der sonntägliche Besuch bei Oma Dorothea stand an, und danach würden sie es wissen. Und es kam genauso, wie es Julia erwartet hatte. Ihre Oma war entsetzt: „Kind, der Mann könnte ja dein Vater sein!"

„Glücklicherweise ist er das aber nicht." Julia verlor langsam die Geduld. Seit einer Stunde diskutierte sie jetzt schon mit ihrer Grossmutter, und inzwischen war sie es leid, sich ständig erklären zu müssen. Wäre es nicht ihre Oma, Julia wäre längst aufgestanden und gegangen.

„Kannst du nicht verstehen, dass es mir völlig egal ist, wie alt er ist?"

„Nein, das kann ich nicht verstehen. Was machst du in zwanzig Jahren?"

„Oh, nein, das hatten wir doch gerade. Es gibt nie eine Garantie dafür, wie lange eine Beziehung dauert. Guck dir deine Lieblingsenkelin Lisa an, sie hat zwei Kinder von zwei Männern, die sie beide sitzengelassen haben. Findest du das etwa erstrebenswert?"

„Du wolltest doch auch immer Kinder?"

„Ja, aber jetzt bin *ich* nicht mehr der Mittelpunkt meines Lebens."

„Kind, ich begreife dich nicht. Gerade auf deine Selbständigkeit warst du doch immer so stolz!"

„Oma, wer sagt denn, dass ich die aufgebe? Ausserdem ist das jetzt überhaupt nicht wichtig. Wichtig ist, dass ich mich in Markus verliebt habe und jede freie Minute mit ihm zusammensein möchte."

„Und er? Er sieht das auch so?"

„Ja."

„Hm, kann ich verstehen", sagte ihre Oma zynisch. „Wer weiss, wieviel Zeit er noch hat." Sie wusste selbst nicht, warum sie das gesagt hatte, kam aber nicht mehr dazu, es zurückzunehmen.

Julia schossen die Tränen in die Augen. Wutentbrannt sprang sie auf: „Ich *fasse* es nicht! Also wenn du nicht meine Grossmutter wärst, würde ich jetzt handgreiflich werden."

Ohne sich weiter zu verabschieden, stürmte Julia hinaus. Im Auto zündete sie sich eine Zigarette an und holte tief Atem.

Überrascht stellte sie fest, dass es ihr plötzlich egal war, was ihre Oma von ihr dachte. Aber das sie jetzt gleich bei ihren Eltern anrufen und alles brühwarm erzählen würde, störte sie schon. Sie ärgerte sich, dass sie es nicht längst selbst getan hatte. In diesem Moment fiel ihr ein, dass sie ja das Handy vom Laden noch im Handschuhfach liegen hatte. Sie wählte die Nummer und kurz danach hörte sie die Stimme ihres Vaters. Aufgeregt erzählte sie ihm von Markus.

Ihr Vater hatte noch nie viele Worte gemacht, wenn es um Gefühlsdinge ging. Nachdem sie fertig war, fragte er: „Behandelt er dich gut?"

„Papi, so gut hat mich noch nie ein Mann behandelt."

„Bist du glücklich?"

„Wie noch nie in meinem Leben."

„Gut. Ich gebe dir jetzt deine Mutter, die steht schon ganz ungeduldig neben mir. Machs gut, Tochter. Und wenn du das nächste Mal kommst, bringst du deinen Markus mit, versprochen?"

„Ja, Papi und - danke!"

„Schon in Ordnung." Im Hörer klackte es und dann war Julias Mutter am Apparat: „Ich habe alles gehört, dein Vater hatte den Lautsprecher an. Und, wie sieht er aus?"

Julia lachte: „Wieso wusste ich, dass du mich das zuerst fragen würdest? Er sieht ungeheuer attraktiv aus, aber das ist es nicht allein. Denk doch nur mal an Sigbert, der sieht auch toll aus, und was ist das für ein Charakterschwein? Mutti, er ist genauso, wie ich mir einen Mann immer vorgestellt habe."

„Also genau wie dein Vater", bemerkte ihre Mutter trocken.

„Richtig", Julia lachte. „Ich bin froh, dass ich euch angerufen habe. Ich war gerade bei Oma Dorothea zum Sonntagskaffee und sie war total entsetzt!"

„Wundert dich das? Das darf dich nicht stören."

„Wenn es um mich ginge, würde es das auch nicht. Aber weisst du, was sie gesagt hat? Markus wäre nur mit mir zusammen, weil ihm nicht mehr viel Zeit bliebe."

„Die Frau ist echt spitze! Wenn dein Markus alt ist, was ist dann wohl Grossmutter Dorothea - scheintot?"

„Wahrscheinlich, ach Mami, ihr seid wirklich die besten Eltern, die man haben kann. Vielen Dank für alles. Ich melde mich wieder."

„Mach das, Mäuschen. Tschüss."

„Tschüss, Mami."

\*\*\*

Cornelia Baumgartner ärgerte sich masslos über ihren Vater, weil er ihr noch nichts von dieser Frau erzählt hatte. Sie übersah völlig, dass Markus ihre Reaktion schon vorhersah und deshalb schwieg.

Sie beschloss, sie sich selbst anzuschauen. Sie erinnerte sich, was Jürgen Mieling gesagt hatte: 'Ihr Name ist Julia und irgendwas. Sie arbeitet in einer Buchhandlung am Neuen Wall'. Nun, soviel Buchhandlungen konnte es da ja nicht geben.

Nachdem Cornelia einen Nacht-Bereitschaftsdienst hinter sich gebracht hatte, nahm sie sich am folgenden Tag frei. Sie fuhr mit dem Wagen in die Innenstadt und machte sich auf die Suche. Es gab zwei Buchhandlungen am Neuen Wall, das grenzte die Suche ein. Schon im ersten Laden hatte Cornelia Glück. Während sie sich das Angebot ansah, war die Verkäuferin mit den Worten „Modernes Antiquariat, Julia Neuhaus" ans Telefon gegangen.

'Du meine Güte', dachte Cornelia. 'Die sieht ja nach nichts aus.' Sie selbst hatte sich sorgfältig zurechtgemacht. Die Frisur ihrer langen, naturblonden Haare verriet den teuren Coiffeur. Ihre Haut war vom ständigen Solariumsbesuch tief gebräunt und bildet so einen Kontrast zum Haar. Cornelia trug zu ihrem Designerkostüm viel teuren Schmuck, ihre Nägel waren sorgfältig manikürt und scharlachrot lackiert. Allein für ihr Make-up hatte sie eine Stunde gebraucht. In ihrer Apotheke lief sie nie so herum, aber hier kam es ja jetzt darauf an.

'Mal sehen, ob ich sie aus der Fassung bringen kann', dachte Cornelia und war schon wieder wütend.

„Ich hätte gern den Titel, der in dieser Woche auf Platz eins der Spiegel-Bestsellerliste steht", sagte sie zu Julia.

„'Der Medicus von Saragossa' von Gordon, richtig?"

„Genau. Kann ich da mal reinsehen?" fragte Cornelia, als Julia ihr den in Folie eingeschweissten Band gab.

„Ja, natürlich, gern." Julia entfernte die Folie. Sie war gespannt, ob die Kundin das Buch wirklich kaufen würde. Geld schien ja offensichtlich keine Rolle zu spielen.

„Ja, ich nehme es. Aber geben Sie mir bitte ein eingeschweisstes Exemplar."

„Wieso denn das? Ich habe das Buch doch extra für Sie ausgepackt?"

„Na, und? Ich will es verschenken und derjenige soll nicht denken, dass er ein gebrauchtes Buch bekommt."

„Bitte entschuldigen Sie, aber man verschenkt Bücher doch nicht *in Folie*."

„Das ist ja wohl meine Sache. Also, kann ich es haben?"

Glücklicherweise hatte Julia noch ein Exemplar bei den bestellten Titeln stehen. Sie wusste, das der Kunde, für den das Buch eigentlich bestimmt war, sowieso keinen Wert auf Verpackung legte.

„Ja, bitte. Hier ist es."

„Würden Sie es bitte einwickeln?"

„Natürlich. Welches Papier möchten Sie?" Julia zeigte Cornelia das Angebot.

„Das ist alles? Hm, ziemlich provinziell, oder?"

„Ich suche das Papier nicht aus." Julia merkte, dass sie ruhig bleiben musste, dazu war der Umsatz zu wichtig, denn im Januar herrschte immer eine totale Flaute.

„Naja", sagte Cornelia abschätzig. „Dann nehmen Sie mal das grüne dort. Und bitte kein Kräuselband von Aldi."

„Gern." Im stillen dachte Julia: 'Du aufgeblasene Tussi mit deinen falschen Nägeln und deinem Lagerfeld-Kostüm. Du bist nicht die erste, und wirst nicht die letzte sein, die versucht, mich zu nerven.'

Cornelia bezahlte, dann ging sie wortlos hinaus. Julia schaute ihr kopfschüttelnd nach. Im Auto dachte Cornelia: 'Die sieht ja absolut fad aus. Keine vernünftigen Sachen, *Mode*schmuck und ausserdem hat sie eine unmögliche Figur. Die hat doch noch nie ein Fitness-Studio von innen gesehen. Vater macht sich total lächerlich. Wenn sie wenigstens Stil und Klasse hätte, dann wäre das alles ja nicht so peinlich, aber so, die Leute werden sich kaputtlachen über die beiden, und über mich mit.' Cornelia musste sich schnellstens etwas einfallen lassen.

Ein paar Stunden später hatte sie die rettende Idee.

Als Cornelia ihrem Vater vorschlug, seine Bekannte doch mal mit nach Hause zu bringen, traute Markus seinen Ohren kaum.

Was war denn mit seiner Tochter passiert? Da hatte ihm Jürgen aber etwas ganz anders erzählt, als die beiden sich kürzlich getroffen hatten.

„Ja, gern. Ich dachte, das wäre dir nicht recht?"

„Naja, aber sie wird doch sehen wollen, wie und wo du wohnst."

„Ja sicher. Sie hat mich schon öfter gefragt. Aber ich wollte vorher noch mit dir reden."

„Und wann wolltest du das tun?" 'Halt, Cornelia', warnte sie sich. 'Sei vorsichtig. Du willst ihn nicht verärgern.' Laut sagte sie: „Bitte entschuldige, es lag wohl auch an mir. Willst du sie nicht am Wochenende zum Essen einladen?"

Markus war völlig überrascht. Spontan nahm er seine Tochter in den Arm und gab ihr einen Kuss. „Schön, dass du so reagierst."

'Das finde ich auch', dachte Cornelia.

\*\*\*

Dorothea Neuhaus ärgerte sich über sich selbst. Sie war damals so froh gewesen, dass Julia nach Hamburg gezogen war. Sie hatte sich oft ziemlich einsam gefühlt, und mit Julias wöchentlichen Besuchen war wieder ein bisschen Leben in ihr Haus gekommen. Sie wollte sie nicht wieder verlieren. Aber sie konnte wirklich überhaupt nicht verstehen, wie Julia sich in einen Mann verlieben konnte, der so viel älter als sie selbst war. Mit ihrer letzten Bemerkung hatte sie Julia tief getroffen, und es tat ihr im nächsten Augenblick auch leid. Aber auch Dorothea Neuhaus konnte nicht aus ihrer Haut, und sich zu entschuldigen, das fiel ihr äusserst schwer.

Sie wollte sich mit Arbeit ablenken und beschloss deshalb, die Fenster zu putzen. Eigentlich hatte sie ja eine Haushaltshilfe, aber Sabrina kam heute später.

Als Frau Neuhaus auf der Leiter stand und sich reckte, um die Gardinenhaken zu lösen, rutschte sie aus ihrem Hausschuh und knallte auf die Erde. Ein fürchterlicher Schmerz im Handgelenk und im Oberschenkel liess sie aufschreien, dann verlor sie das Bewusstsein. So fand sie Sabrina eine Stunde später. Sie rief sofort den Notarzt an, und anschliessend Julia, die versprach, so schnell wie möglich ins Klinikum zu fahren.

Als Julia eine Stunde später mit ihrer Oma sprach, lag diese schon auf der Chirurgischen Station. Sie hatte sich den linken Oberschenkelhals und das linke Handgelenk gebrochen. Julia war immer noch wütend, aber im Moment gab es Wichtigeres zu tun. Dorothea Neuhaus bat Julia, ein paar Sachen für sie einzupacken. Sie hatte nicht gewollt, dass Sabrina zwischen ihrer Wäsche herumwühlte.

Julia versprach es und fuhr zum Haus ihrer Grossmutter. Als sie das passende Nachthemd heraussuchte, fiel ihr plötzlich ein Packen Briefe entgegen, der ziemlich alt aussah und mit einem breiten blauen Samtband zusammengehalten wurde. Julia wollte nicht neugierig sein, und legte sie zurück. Dann fuhr sie wieder ins Krankenhaus. Sie brachte ihrer Oma das Gewünschte, verabschiedete sich aber auch gleich. Dorothea Neuhaus wusste, dass es nun an ihr war, die gesagten Worte zurückzunehmen.

***

Es war Dienstagnachmittag und Pit Petersen wusste, dass sie versagt hatten. Dabei hatte alles begonnen wie geplant:

Seine Leute bewegten sich um die Mittagszeit unauffällig in der Nähe der Alster-Bank. Als die maskierten Täter die Bank betraten, warteten sie, bis sie wieder herauskommen würden, um sie festzunehmen. Das klappte auch hervorragend bis zu dem Moment, als Mertens, dieser übereifrige junge Spund, seine Waffe ziehen und brüllen musste: „Hände hoch, Sie sind verhaftet", wie in einem schlechten Film. Daraufhin feuerte einer der Täter mehrmals auf Mertens und die vier zogen sich zurück, bevor die Scharfschützen überhaupt einen Befehl erhielten.

Petersen hatte zwar dafür gesorgt, dass sich keine Kundschaft und auch nur ein minimales Aufgebot an Mitarbeitern in den Räumen der Filiale aufhielt, denn sie mussten ja den Schein der Normalität erst einmal wahren, doch diese drei Mitarbeiter nahmen die Bankräuber jetzt als Geiseln. Mertens war tot, seine Kollegen stinksauer und alle ratlos.

Merkwürdigerweise stellten die Täter keine Forderungen. Es schien, als seien sie auch völlig überrascht worden von den Ereignissen, was ja logisch schien. Doch warum liessen sie die Geiseln dann nicht frei? Das Strafmass würde erheblich geringer ausfallen, das mussten sie doch wissen.

Die Zeit verging und nichts passierte. Fast drei Stunden waren die Bankräuber schon in dem Gebäude. Was trieben die da drin? Petersen hielt es nicht mehr aus. Geduld gehörte nicht gerade zu seinen Tugenden. „Wir stürmen", verkündete er.

„Chef, das bringt doch nichts", sagte Hansen leise zu ihm. „Dann sind alle tot, und der Einsatz voll im Minus."

„Was schlagen Sie vor?"

„Ich weiss auch nicht, irgendwie werde ich das Gefühl nicht los, dass hier etwas ganz anderes abläuft. Aber was?"

„Ach, ja? Haben Sie mir nicht nach Findeisens Anruf gesagt, das hier nichts Merkwürdiges passieren wird?"

Doch es wurde noch unglaublicher: nach genau vier Stunden kamen die Geiseln unversehrt aus der Filiale, hinter ihnen, mit erhobenen Händen und ohne Waffen, die Bankräuber, unter ihnen auch Dieter Findeisen.

„Verstehen Sie das?" fragte Hansen.

„Noch nicht", erwiderte Petersen. „Aber bestimmt dauert das nicht mehr lange."

Knapp zehn Minuten später wussten die Kriminalisten, was in Wahrheit abgelaufen war: Fischer war überhaupt nicht bei diesem Überfall dabei. Er war verschwunden und blieb es.

\*\*\*

Am nächsten Nachmittag hatte Julia frei, und so fuhr sie zum Haus ihrer Grossmutter, um noch ein paar weitere Dinge zu holen, die Frau Neuhaus gern im Krankenhaus gehabt hätte.

Beim erneuten Suchen fiel ihr wieder der Packen Briefe in die Hände, und diesmal sah sie ihn sich genauer an. Verblasste Poststempel auf alten Briefmarken liessen die Kriegsjahre erkennen. Adresse und Absender waren in altdeutscher Schrift verfasst. Mühsam entzifferte Julia den Namen Hans Hansen auf der Rückseite der Kuverts. Sie sah sich die Briefe jedoch nicht weiter an, das fand sie ungehörig. Irgendwann würde sie ihre Grossmutter vielleicht danach fragen.

Knapp eine Stunde später traf sie sich mit Markus am Gänsemarkt. Während sie durch die Collonaden bummelten, erzählte er ihr von Cornelias Einladung. Ihre Begeisterung hielt sich in Grenzen. „Was hast du?", fragte Markus überrascht.

„Eigentlich hätte ich gern gesehen, wie du so wohnst und lebst, ohne dabei gleich einer eingehenden Prüfung unterzogen zu werden."

„Wer spricht denn von so etwas?"

„Markus, warum wohl lädt deine Tochter mich ein? Bestimmt nicht, um sich mit mir anzufreunden. Das läuft wohl eher auf einen Test hinaus, und ich kriege Panik bei der Frage, wie ich den wohl bestehen soll."

„Wie kommst du denn darauf?" fragte Markus völlig verwundert.

„Du kennst eben die Frauen nicht genug. Weiss deine Tochter eigentlich, wie alt ich bin?"

„Von *mir* nicht."

„Wieso betonst du das so?"

„Vielleicht hat mein Freund Jürgen Cornelia etwas erzählt."

„Woher weiss der es?"

„Er hat damals die Karte von dir in der Büchertüte gefunden.

Er war es auch, der mir zugeredet hat, mich mit dir zu treffen."

„Der Mann ist mir schon sympathisch. Aber ganz im Ernst, ich weiss nicht, was deine Tochter erwartet...?"

„Wen interessiert denn Cornelia?" fragte er verärgert. Als er ihren überraschten Gesichtsausdruck sah, lenkte er ein: „Ist doch wahr, sie hat mich auch nie gefragt, ob mir gefällt, was sie aus ihrem Leben macht."

„Das solltest du mir mal ganz in Ruhe erzählen. Aber jetzt interessiert mich mehr, was ich über Cornelia wissen sollte, und über euer Haus."

„Da gibt es nicht viel zu erzählen. Cornelia hat eine Pharmazie-Studium gemacht und vor ein paar Jahren eine Apotheke in Barmbek eröffnet. Unser Haus steht in Othmarschen. Es ist sehr schön, ziemlich alt, aber inzwischen viel zu gross. Wenn es nach mir ginge, ich hätte es längst verkauft."

„Aber deine Tochter will das nicht?"

„Es ist merkwürdig mit ihr, manchmal scheint sie unseren ganzen Wohlstand zu verabscheuen und dann wieder sind ihr Statussymbole total wichtig. Ich weiss auch nicht..." er schwieg.

Julia merkte ihm an, dass ihm diese ganze Unterhaltung auf die Nerven ging. Er war nur viel zu höflich, das zuzugeben.

Irgendwann jedoch mussten sie beide auch mal über ein paar ernste Dinge reden. Aber das musste ja nicht gerade heute sein, beschloss Julia und fragte ihn deshalb: „Wollen wir heimfahren? Ich habe uns was Schönes gekocht."

„Sehr gern", stimmte er zu. Es fiel ihnen beiden nicht auf, dass Markus Julias Wohnung schon als sein Zuhause betrachtete. Nach dem Essen sassen sie auf der Couch und Julia fragte: „Willst du mir nicht ein bisschen von deiner Tochter erzählen? Was macht sie so? Hat sie einen Freund?"

„Ich glaube, Cornelia macht sich nicht viel aus Männern. Als junges Mädchen ist sie mal ganz furchtbar ausgenutzt und enttäuscht worden, ich denke, das nagt immer noch an ihr. Aber, ehrlich gesagt, genau kann ich dir das auch nicht sagen. Wir sprechen nicht über diese Themen. Sie weicht mir aus." Und nach einer kleinen Pause: „Aber die Schuld liegt auch bei mir. In den letzten drei Jahren habe ich Cornelia nicht oft gefragt, wie es ihr geht oder was sie denkt. Ich war viel zu sehr mit mir und meiner Trauer beschäftigt, das muss ich leider zugeben. Sie ist zwar nach Annas Tod zu mir ins Haus gezogen, aber über die wirklich wichtigen Dinge haben wir uns eigentlich nie unterhalten. Sie wich mir immer aus."

„Das muss sie von ihrem Vater haben", sagte Julia leise. „Du kannst das auch hervorragend." Sie sah ihn an. „Aber man kann nicht immer nur alles verdrängen." Sie stand auf und holte Wein und Gläser. „Davon wird es nur noch schlimmer und dann bricht es zu einem Zeitpunkt über dich herein, an dem du gar nicht damit rechnest - und mit einer Intensität, der du *dann* überhaupt nicht begegnen kannst."

Markus sah auf. „Du hast das auch schon erlebt, nicht wahr?"

„Ja, und ich habe auch den Fehler gemacht zu glauben, ich käme allein damit klar. Meine Freunde wollte ich damit nicht belästigen und meine Familie erst recht nicht. Aber das ist Blödsinn! Natürlich musst du nicht alles immer und immer wieder haarklein erzählen und analysieren wollen, das nervt auch den besten Freund. Aber mal darüber reden und Emotionen zulassen, das hilft ungemein. Meine Freundin Jutta hat mich öfter auf den Friedhof begleitet und auch gemerkt, was mit mir los war. Einmal, bei ihr zuhause, hat sie mich anschliessend gefragt, was sie für mich tun könne. Daraufhin sagte ich ihr, sie solle mich mal in den Arm nehmen. Ich habe geheult wie ein Schlosshund, aber diese Umarmung war so schön, das kannst du dir nicht vorstellen."

„Doch", erwiderte Markus leise."Du hast mir damit ja auch geholfen." Sie tranken beide einen Schluck.

„Du wirst mit Cornelia schon klarkommen, sie ist eigentlich nicht zickig."

„Dein Wort in Gottes Ohr", erwiderte Julia. 'Ich glaube nicht, dass sie es mir einfach machen wird' dachte sie insgeheim. Sie fürchtete sich vor diesem Treffen, und dieses unerklärliche Furcht erschreckte sie noch mehr. Sie liess sich doch sonst nicht so schnell die 'Butter vom Brot nehmen'.

Später, unter der Dusche, dachte sie noch einmal darüber nach. Sie füchtete sich vor der Begegnung mit Cornelia, weil sie wusste, dass es Ärger geben würde. Um sich selbst machte sie sich dabei weniger Sorgen als um Markus. Er brauchte Ruhe, Liebe und Trost und keinen Kleinkrieg zwischen seiner Tochter und ihr. Wahrscheinlich brauchte auch Cornelia Trost, aber so nah würde sie Julia sowieso niemals an sich heranlassen, das war schon jetzt klar. 'Verdammt, ist das alles verzwickt', dachte Julia und wusch sich ihr Haar. Sie nahm sich vor, freundlich und aufgeschlossen zu sein, ruhig zu bleiben und mögliche Provokationen gelassen aufzunehmen.

Sie nahm es sich vor, ob es ihr *gelingen* würde, war noch die Frage. Einzig der Gedanke an Markus würde sie im Ernstfall von einem Wutausbruch abhalten. Und das Groteske daran war, sie konnte Cornelia in gewisser Hinsicht sogar verstehen. Ihr würde es auch nicht gefallen ,wenn ihr Vater plötzlich eine Freundin hätte, die so alt wäre wie sie selbst.

Julia wusste nicht, das ihr noch eine viel grössere Überraschung bevorstand, wenn sie Cornelia zum ersten Mal sehen würde.

\*\*\*

„Verdammt Dieter, wieso hast du das nicht mitbekommen?"

Bernd Hansen lief wütend im Büro auf und ab. „Das war doch der wichtigste aller Hinweise!"

„Ja, jetzt kannst du dich aufregen. Wir hätten gern tauschen können, mein Lieber", erwiderte Dieter Findeisen, nicht weniger wütend.

„Also Jungs, nun bleibt doch mal ruhig", schaltete sich Pit Petersen ein. „Es ist sowieso zu spät für Schuldzuweisungen.

Fischer hat uns wieder einmal ausgetrickst, leider, muss ich sagen. Der Mann ist wirklich clever. Ich möchte mal wissen, wohin der geflohen ist, und warum die Geiselnahme genau vier Stunden dauerte..."

„Fuhlsbüttel war bewacht?" fragte Findeisen.

„Logisch, hälst du uns für Idioten?" fauchte Hansen zurück.

„Bernd, nun krieg dich mal wieder ein! Wohin kann man von hier aus in vier Stunden fliehen?"

„Auf der Autobahn? Hm, Berlin?" überlegte Hansen laut.

Und dann sagten Hansen und Findeisen wie aus einem Mund: „Stettin - das ist es!"

Petersen nickte: „Wahrscheinlich habt Ihr recht. Der Typ ist so gerissen, der hat das schon lange geplant. Und von einem polnischen Flughafen kommt er überall hin. Klasse", setzte Petersen bitter hinzu. „Kriminalrat Hinrichsen wird sich freuen!

Knöpft Euch noch mal den Typen vor, der Mertens erschossen hat. Wie hiess er doch gleich?"

„Vogel, Dieter Vogel" erwiderte Hansen.

„Ja, Vogel. Vielleicht hat er ja etwas Interessantes zu erzählen, wenn wir ihm Strafmilderung vorschlagen. Allerdings, mir wird schlecht, wenn ich daran nur denke. Der hat schliesslich einen jungen Kollegen erschossen. Mertens war gerade 27 Jahre alt. Aber vielleicht ziehen wir den Deal so durch, dass wir erfahren, was der weiss, und wir halten unsere Seite der Vereinbarung einfach nicht ein, was meint Ihr?"

„Gute Idee, Chef", stimmte Hansen zu. Findeisen nickte.

„Okay Männer, dann macht euch an die Arbeit."

***

Julia traf am Samstag gegen 19 Uhr mit dem Taxi vor Markus' Anwesen ein. Sie hatten sich beide darauf geeinigt, dass es besser wäre, sie würden nicht zusammen von Julias Wohnung kommen, sondern Markus wäre schon zu Hause. Julia wollte Cornelia auf keinen Fall unnötig vor den Kopf stossen.

Als der Taxifahrer vor dem Tor hielt, blieb Julia fast das Herz stehen. Das Anwesen war so riesig, dass man von hier aus noch nichts vom Haus sah. Das Tor öffnete sich automatisch und der Fahrer steuerte die Auffahrt entlang. 'Grosser Gott', dachte Julia, 'bist du hier im falschen Film?' Sie hatte so etwas bisher nur im Fernsehen gesehen.

Markus stand vor dem Eingang, als der Wagen hielt. Er öffnete ihr die Tür und sie begrüssten sich. Dann bat er sie herein.

Nachdem sie eine grosse Diele duchquert hatten, führte Markus Julia in einen riesigen Wohnraum. Auf den zweiten Blick sah sie, dass es eigentlich zwei Räume waren, die durch Schiebetüren getrennt wurden, die jetzt offenstanden. Julia war völlig fassungslos, welchem Reichtum sie gegenüberstand. Es sah alles sehr geschmackvoll aus, auch nicht überladen, und trotzdem ... Julia hatte das Gefühl, ein Innenarchitekt habe die Räume eingerichtet und nicht die Bewohner. Dicker Teppichboden, in dem sie buchstäblich versank, war farblich genau auf die Edelholzmöbel abstimmt. Überall standen oder lagen teuer aussehende Nippes-Sachen herum. An der Wand gegenüber dem Kamin hing ein riesiges Bild, bei dem

Julia sich unwillkürlich fragte, ob es etwa das Original war. Sie sah es sich etwas genauer an und rief dann überrascht: „Das ist ein Bild aus Worpswede, ich meine, von der Künstlerkolonie, oder? Markus, das ist ja toll. Kann ich ein Bild mal kurz berühren, nur ganz kurz, das wollte ich immer schon mal tun, und in den Museen ist das ja streng verboten."

„Nur zu", er lächelte. „Ja, das ist ein Bild von Heinrich Vogeler. „Sommerabend auf dem Barkenhoff" heisst es. Dass du das gleich erkannt hast?"

„Ja, ich hatte einen Bildband über die Worpsweder Künstler im Laden und den fand ich so schön, dass ich ihn mir selbst gekauft habe. Dort ist auch dieses Gemälde abgebildet, deshalb. - Wunderschön", sagte Julia noch einmal ganz andächtig. In diesem Moment wurde ihr erst richtig bewusst, *wie* reich Markus augenscheinlich war. Es erschreckte sie, und sie hatte es nicht *wirklich* wissen wollen, das erkannte sie jetzt auch. Ein Gefühl der Befangenheit stellte sich ein, Julia bekam plötzlich Panik, sich falsch zu benehmen oder etwas Wertvolles versehentlich kaputtzumachen. Doch der absolute Schock stellte sich ein, als eine Stimme hinter ihr sagte: „Sie müssen Julia Neuhaus sein - willkommen in unserem Haus!" Julia drehte sich herum und sah plötzlich, wer Cornelia Baumgartner war. Diese tat jedoch so, als sei sie Julia noch nie begegnet und sähe sie heute zum ersten Mal. In Bruchteilen von Sekunden ging Julia noch einmal die ganze Szene in der Buchhandlung durch den Kopf und ihr Gefühl riet ihr, wachsam zu sein. Irgend etwas ging hier vor, von dem Markus keine Ahnung zu haben schien.

Sie begrüssten sich und Cornelia fragte: „Was kann ich Ihnen zu trinken anbieten? Campari Soda, Gin Tonic oder möchten Sie etwas anderes?"

„Nein, danke", erwiderte Julia. „Gin Tonic ist okay." Nachdem alle ihre Gläser hatten, nahmen sie in der Ledergruppe Platz.

Kurze Zeit später wurde das Essen serviert. Zum porchierten Lachs tranken sie einen leichten Weisswein. Julia war aufs Neue beeindruckt von dem wunderschönen Porzellan, den alten Gläsern, der zauberhaften Tischdekoration, aber vor allem aber von Charles, dem Butler, der aussah, als käme er direkt aus England.

Nach dem Essen gingen sie zur Ledergruppe zurück. Cornelia trank Champagner, Julia blieb bei Gin Tonic und Markus trank einen kalifornischen Rotwein.

Während des ganzen Abends spielte Cornelia Baumgartner die Rolle der charmanten Gastgeberin so perfekt, dass Markus mehr als überrascht war von seiner Tochter. Auch Julias Anspannung liess nach, und schon bald plauderten sie über alle möglichen Themen.

Es war das erste Mal für Julia, dass Markus neben ihr sass und sie jede Berührung vermieden. Markus hatte sie darum gebeten, er meinte, es würde Cornelia unnötig provozieren.

Julia war zwar nicht unbedingt dieser Meinung, aber sie fügte sich. Er kannte seine Tochter schliesslich besser als sie. Umso mehr überraschte es sie, als Markus während des Gesprächs wie zufällig ihre Hand nahm und sie festhielt. Sie sah ihn an und lächelte. Er lächelte zurück. Es war gut, dass beide in diesem Augenblick nicht sahen, wie sich Cornelias Augen verdunkelten. Man hätte den Eindruck haben können, Blitze schossen daraus hervor. Im nächsten Moment hatte sie sich jedoch wieder in der Gewalt.

Gegen 22 Uhr wollte Julia aufbrechen. Cornelia liess sie jedoch nicht gehen, ohne ihr vorher noch einen Gin Tonic gemixt zu haben, „zum Abschied", wie sie sagte. Sie stiessen alle drei an und Julia bedankte sich für die Einladung. Markus stand auf, um ein Taxi zu rufen. Sie hatten es so abgesprochen. An diesem Abend würde Markus zu Hause bei seiner Tochter bleiben. Er brachte Julia zur Tür und sie verabschiedeten sich mit einem zärtlichen Kuss.

Im Taxi überlegte Julia, dass es ihr besser gefiel, Markus kam zu ihr in die Wohnung, wenn sie sich sehen wollten. Dieses riesige Anwesen flösste ihr Unbehagen ein.

Sie dachte gerade darüber nach, was sie morgen für ihn kochen könnte, als ihr plötzlich speiübel wurde. Ihre Hände fingen an zu zittern, der Kopf drohte ihr zu platzen und sie glaubte, sich jeden Augenblick übergeben zu müssen. Mit Mühe und Not hielt sie durch, bis der Wagen vor ihrer Tür stand.

„Na, min Deern, wohl ein' über'n Durst getrunken, wat?" flachste der Taxifahrer.

„Sehr witzig", brachte Julia mit Mühe heraus. Sie bezahlte, stieg aus, und atmete in der frischen Winterluft tief ein. Es wurde davon aber eher schlimmer. Sie schleppte sich die Treppe hinauf. 'Du musst es schaffen', war ihr letzter Gedanke, bevor sie das Bewusstsein verlor. Glücklicherweise war ihr der Taxifahrer gefolgt, dem das Ganze merkwürdig vorkam. Als er sie am Fuss der Treppe liegen sah, stürzte er zu seinem Wagen, um über Funk den Notarzt zu verständigen.

Knapp eine Stunde später lag Julia mit einem gebrochenen Unterarm in der Chirurgischen Abteilung der Uniklinik. Sie bat darum, in das Zimmer zu kommen, indem bereits ihre Grossmutter lag. Ihr Wunsch wurde erfüllt. Dorothea Neuhaus bekam einen Riesenschrecken, als sie sah, wer ihre neue Zimmergenossin war.

„Kind, was hast du denn gemacht?" fragte sie.

„Keine Panik, Omi, ich bin die Treppe runtergefallen."

„Hab ich dir nicht immer gesagt, diese hohen Absätze sind ungesund?"

„Daran lag es auch nicht, ich hatte flache Schuhe an. Ich muss irgendwas Verdorbenes gegessen haben, mir war plötzlich total übel," erwiderte Julia.

Sie musste jetzt unbedingt Markus anrufen und fragen, wie es *ihm* ging. 'Wahrscheinlich war der Fisch schlecht', dachte sie. Das Telefon klingelte einige Male, bevor Julia Markus' verschlafene Stimme hörte: „Baumgartner, ja bitte?"

„Markus, entschuldige, dass ich dich geweckt habe, es geht dir also gut?"

„Ja, wieso? Was ist passiert?"

„Ich bin in der Uniklinik, ich hab mir den Arm gebrochen..."

„Ich komme sofort...", unterbrach er sie.

„Nein, das fehlte noch. Ich rufe auch nicht deswegen an, sondern weil ich dich fragen wollte, ob einem von Euch auch schlecht geworden ist? Mir war im Taxi mit einem Mal speiübel, und da dachte ich, der Fisch wäre vielleicht verdorben gewesen."

„Nein, alles in Ordnung, aber ... Julia, ich komme jetzt zu dir", erwiderte Markus.

„Das wirst du schön bleiben lassen! Es geht mir gut, wirklich. Sie haben mir eine Kreislaufspritze gegeben und mir dann den Magen ausgepumpt. Jetzt ist alles okay."

„Wirklich?" fragte er zweifelnd.

„Ja, wirklich", erwiderte sie sanft. „Bitte Markus, komm nicht extra her, mitten in der Nacht. Übrigens, ich hatte dir doch vom Unfall meiner Grossmutter erzählt - jetzt habe ich Gesellschaft, ich liege nämlich mit ihr im selben Zimmer."

„Das ist ja wenigstens eine erfreuliche Nachricht."

„Genau. So, mein Schatz, nun schlaf schön und bitte - mach dir keine Sorgen, es geht mir gut!"

„Schlaf du auch gut, soweit das geht. Ich komme morgen auf jeden Fall vorbei."

„Ich freu' mich. Ich hab dich lieb, gute Nacht."

„Gute Nacht."

Julia sagte anschliessend zu ihrer Grossmutter:

„Markus kommt morgen. Tu mir das nicht an und sage ihm, was du mir neulich vorgeworfen hast."

„Julia, das würde ich niemals tun. Ausserdem tut es mir leid, dass ich das überhaupt gesagt habe. Du weisst doch, wie deine Grossmutter manchmal so ist, eben von gestern."

Julia lächelte: „Danke, das brauchte ich jetzt. Dann ist ja auch wieder alles okay."

„Schlaf schön, Spatz."

„Danke, du auch."

\*\*\*

Am nächsten Vormittag fuhr Markus ins Krankenhaus. Im Auto überfiel ihn für einen Moment die totale Panik. Alle Erinnerungen an Anna, an ihre Reise nach Wien und an seinen Aufenthalt in der Dresdner Klinik waren wieder da. Er hatte plötzlich Angst, Julia zu verlieren. Erst jetzt wurde ihm deutlich, was sie ihm wirklich bedeutete.

Seit damals hasste er Krankenhäuser und als er nun die Eingangshalle betrat, nahm ihm der typische Klinikgeruch für einen Moment den Atem.

Als er durch die Tür kam, sah Julia auf den ersten Blick, was in ihm vorging, deshalb umarmte sie ihn mit ihrem gesunden  Arm und sagte leise: „Kein Grund zur Aufregung. Es geht mir gut, wirklich." Sie küsste ihn.

„Ein Glück", seufzte er und setzte sich.

Dorothea Neuhaus sah sofort, dass Markus ernsthaft besorgt um Julia war. Das gefiel ihr. Als Julia dann die beiden miteinander bekannt machte, bekam Dorothea von Markus einen wunderschönen Blumenstrauss, ebenso Julia. Ohne es zu wissen, hatte er damit endgültig das Herz von Julias Grossmutter gewonnen.

Während sie noch etwas miteinander plauderten, kam ein Arzt herein. Er stellte sich kurz vor und sagte dann zu Julia:

„Frau Neuhaus, ich müsste Sie dringend sprechen..."

Julia war erschrocken über den ernsten Gesichtsausdruck des Mediziners und sagte: „Bitte, die
beiden hier gehören praktisch zur Familie. Was ist
los?"

\*\*\*

„Es ist wirklich wunderschön hier, Liebling, ich
danke dir", sagte Anna Baumgartner gerade. Sie
waren am frühen Freitagnachmittag auf dem
Flughafen Wien-Schwechat gelandet. Markus
hatte für dieses Wochenende das volle Touris-
tenprogramm gebucht, denn sie wollten so viel
wie möglich von dieser traditionsreichen Stadt
sehen und hören.
Schon vor Wochen hatte Anna begonnen, sich
mit der Geschichte Wiens zu beschäftigen.
Nachdem sie ihr Zimmer im „Hotel Sacher" be-
zogen hatten, gingen sie kurze Zeit später auf
Entdeckungstour. Sie begannen ihren Rundgang
unmittelbar vor der Tür des Hotels, inmitten des
1. Bezirks, auch Innere Stadt genannt. In der
Augustiner Strasse mieteten sie einen Fiaker,
weil Anna das besonders romantisch fand. Die
ganze Zeit hielt sie den 'Baedeker' in der Hand
und versorgte sie beide unaufhörlich mit Informationen, wenn ihnen nicht gerade der Kutscher
etwas erklärte.
Sie kamen an der Augustinerkirche vorbei, einer
wunderschönen einschiffigen gotischen Hallen-
kirche, in der 1854 die damals noch glückliche
Elisabeth in Bayern, später sollte sie als Sisi in

die Geschichte eingehen, ihren Kaiser Franz Joseph heiratete.

Sie fuhren vorbei am Dorotheum, einem der weltgrössten Auktionshäuser, das sie beide am nächsten Tag besuchen wollten. Der Kutscher zeigte ihnen die Kapuzinerkirche, mit der dazugehörigen Gruft, auch Kaisergruft genannt, in der 138 Mitglieder des Hauses Habsburg in ihren Zinnsärgen ruhen. Sie fuhren dann weiter, vorbei am Jüdischen Museum in der Dorotheergasse, das sie ebenfalls am Samstag, während der speziell organisierten Führung, einem sogenannten 'Wiener Spaziergang', zum Thema „Die versunkene Welt des jüdischen Wien der Jahrhundertwende", näher kennenlernen wollten. Weiter ging es dann zum Stephansplatz mit dem weltberühmten Wahrzeichen Wiens, dem Stephansdom. Hier beendeten die Baumgartners vorerst ihre Fiakerfahrt und besichtigten die Domkirche St. Stephan, Österreichs bedeutendstes gotisches Bauwerk, das das Panorama der Altstadt beherrscht. Dort nahmen sie um 16 Uhr an einer Führung durch die Katakomben teil, die sich unter dem Chor des Doms bis zum Stephansplatz hinziehen, und schon in Orson Welles' Klassiker „Der dritte Mann" eine nicht unbedeutende Rolle spielten. Martin war es etwas unbehaglich zumute, aber Anna war fasziniert und las ihm den gesamten schaurigen Text aus dem 'Baedeker' vor, der erklärt, das in den Katakomben die Gebeine Tausender Wiener ruhen. Einst stand um den Dom herum ein Friedhof. Da die Toten aber oft sehr nachlässig beerdigt, Gräber nicht tief genug ausgehoben und Grüfte schlecht geschlossen wurden, breitete sich bald ein übler Geruch aus. Deshalb wurde 1470 ein neues Beinhaus gebaut, die Katakomben entstanden. Erst 1783 wurde die weitere Bestattung in den Katakomben verboten.

Nach dem Ende dieser Führung sahen sich die beiden den Stephansplatz, das Herz der Wiener Innenstadt, genauer an. Später gingen sie in eines der unzähligen Kaffeehäuser, bestellten sich einen Braunen und eine Melange, assen dazu Buchteln und Golatsche und amüsierten sich köstlich darüber, dass sie in einem deutschsprachigen Land einen Reiseführer brauchten, um die Speisekarte zu verstehen. [Ein Brauner ist ein Espresso mit einem Schuss Milch, eine Melange ein Milchkaffee, Buchteln sind Hefestücke mit Pflaumenmusfüllung und Golatsche ist eine mit Quark gefüllte Süssspeise aus Blätterteig.]

Nachdem sie sich gestärkt hatten, nahmen sie wieder einen Fiaker, um zurück ins Hotel zu fahren. Dort machten sie erst einmal eine kleine Pause.

Später am Abend liessen sie sich von dem Mitarbeiter der Rezeption ein uriges Heurigenlokal empfehlen, wo sie dann bei traditioneller Schrammel- und Zithermusik restlos dem Charme Wiens und seiner Bewohner erlagen.

Am Samstag ging es dann weiter mit dem vollen Programm: morgens besuchten sie das Reittraining in der Spanischen Hofreitschule, das war Annas besonderer Wunsch gewesen. Sie hätte natürlich noch lieber eine der Vorführungen der Weissen Hengste mit angesehen, aber diese fanden im Oktober leider nicht statt. Doch auch die Morgenarbeit der Tiere war *so* beeindruckend, dass Anna in helle Begeisterung ausbrach.

Die Spanische Hofreitschule kann, wie so vieles in Wien, auf eine lange Tradtion zurückblicken. Ihre Geschichte begann bereits 1572. Seit dieser Zeit werden dort ausschliesslich Lipizzanerhengste trainiert. Die Tiere wurden bis 1918 im böhmischen Lipica gezüchtet, später dann in Piber in der Steiermark. Massgeblichen Anteil an der Rettung der Zuchthengste aus dem böhmischen Hostau im Kriegsjahr 1941 hatte neben dem Leiter der Reitschule, Oberst Podhajsky, vor allem der amerikanische General George S. Patton.

Lipizzaner eignen sich hervorragend für die schwere höfische Dressur.

Ihre Vorführung, bei der die Reiter historische Kostüme tragen, versetzt den Besucher sofort in die Zeit der k.u.k.-Monarchie.

Nach diesem Besuch fuhren sie mit dem Fiaker zum Dorotheum. Schon nach wenigen Minuten waren sie fasziniert von der dortigen Atmosphäre.

Markus ersteigerte für Anna eine kleine antike Pillendose aus dem Nachlass einer Hofdame der Kaiserin Sisi.

„Jetzt habe ich wenigstens ein Geschenk zum Hochzeitstag für dich", sagte er lächelnd, als sie nach zwei Stunden das Gebäude verliessen.

„Markus, diese Reise ist mein schönstes Geschenk. Vor allem, dass wir endlich wieder einmal Zeit für uns haben", fügte Anna leise hinzu.
Er sah sie nur an und gab ihr einen Kuss. „Ich gelobe Besserung", versprach er dann.
Zum Mittagessen gingen sie beide wieder in ein Traditionslokal. Hier gab es interessante Wiener Spezialitäten und eine umfangreiche Weinkarte, die Markus, der Weinkenner, erst einmal in aller Ruhe studierte. Anna dagegen übersetzte inzwischen voller Vergnügen die Speisekarte. Sie bestellte für Markus einen Bauernschmaus [deftige Platte mit Schweinsbraten, geräuchertem Schinken, Würstchen und Sauerkraut] und für sich Lungenbraten mit Eierschwammerl und Erdäpfelschmarrn [Filet mit Pfifferlingen und Röstkartoffeln]. Nachdem Markus hörte, was Anna ihm bestellt hatte, entschied er sich lieber für ein Bier. Zum Abschluss tranken beide einen Einspänner [Mokka im Glas mit Schlagsahne], dann machten sie sich auf den Weg zu Jüdischen Museum, wo der 'Wiener Spaziergang' beginnen sollte.
Während dieser speziellen Führung erfuhren sie, dass vor dem Zweiten Weltkrieg über 180.000 Juden in Wien lebten. Heute sind es nur noch knapp 7.000. Von Anfang an waren die jüdischen Bürger abhängig gewesen vom wankelmütigen Handeln des jeweiligen Herrschers. Schon seit dem 13. Jahrhundert hatten sie immer wieder mit Ächtungen, Schmähungen und Gewaltakten leben müssen.

Der Holocaust des Dritten Reiches war der zweifellos erschütterndste Höhepunkt in der Geschichte der europäischen Juden.

Während dieser Führung und auch beim anschliessenden Besuch des Jüdischen Museums waren die Baumgartners immer wieder sprachlos vor Entsetzen.

„Weisst du, ich dachte immer, irgendwann könne doch mal Schluss sein mit dieser ewigen Schuld", sagte Markus. „Immer noch schämt man sich, Deutscher zu sein. Ich beneide die Österreicher, die Amerikaner und viele andere Nationen um ihren Patriotismus. Stell dich mal heute hin und sage, du seiest stolz, Deutscher zu sein. Mal abgesehen davon, dass mir dieser Satz sowieso schwer über die Lippen kommen würde, bist du aber sofort ein Rechtsradikaler oder Neonazi. Ist das nicht entsetzlich?"

Anna nickte verstehend: „Ich weiss, was du meinst. Als der Zweite Weltkrieg zu Ende ging, waren wir beide noch Kinder. Ich habe mich auch oft gefragt, wie lange wir uns noch entschuldigen müssen und ob es nicht endlich mal ein Ende dieser furchtbare Vorwürfe geben kann. Aber dann habe ich mit dir und Cornelia 'Schindlers Liste' gesehen und wusste plötzlich, dass es *niemals* ein Vergessen geben darf."

„Ich habe mal irgendwo gelesen, dass, wenn man für jedes der sechzig Millionen Opfer, die der Zweite Weltkrieg gefordert hat, *eine* Schweigeminute einlegen würde, auf der Erde neunzig Jahre Stille herrschen würde. Ist das nicht entsetzlich?"

„Ja, am meisten hat es die Russen getroffen, die Polen und die Franzosen. Und deshalb werden wir auch nie nach Frankreich fahren", sagte Markus.

„Richtig, nicht  solange wir kein Französisch sprechen", erwiderte Anna. „Ich will mir das nicht antun. Und denk mal dran, alle, die wir kennen und die dort waren, haben gesagt: nie wieder. Sobald die Leute merken, woher du kommst, fällt eine Klappe.  Ich kann das verstehen, aber ich kann es nicht ertragen.  Und zum Glück muss ich das ja auch nicht."

„Nein, das musst du nicht.  Und jetzt holen wir die Karten für das Burgtheater ab, einverstanden."

„Hm, Markus?" druckste Anna herum.

„Ja?" fragte er erstaunt. „Was ist denn?"

„Bist du mir sehr böse, wenn ich dir sage, dass ich nicht ins Burgtheater möchte?"

„Nein, aber wieso denn nicht? Deinetwegen habe ich doch die Karten besorgen lassen?"

„Ja, aber ich hab keine Lust mehr. Ich würde lieber etwas ganz anderes machen!"

„Was denn?"

„Mit dir in den Prater gehen, Riesenrad fahren, Zuckerwatte essen und sich fühlen wie mit fünfzehn beim ersten Rendezvous."

Markus lachte laut: „Ich glaub's nicht. Aber gut, wenn du willst. Dann sollten wir aber nochmal ins Hotel zurück, uns rustikaler anziehen, meinst du nicht?"

„Ja, sicher. Wir können nach diesem traurigen Spaziergang auch erst einmal eine Pause machen, und gehen dann später am Abend los. Einverstanden?"

Markus gab seiner Frau einen Kuss und fragte dann: „Mit wem hattest du denn mit 15 dein erstes Rendezvous?"

„Keine ernstzunehmende Konkurrenz für dich. Er hatte Schuppen und Pickel, aber seinen Eltern gehörte auf dem Rummelplatz das schönste Karussell."

„Interessant, nach welchen Gesichtspunkten du deine Männer aussuchst", flachste er. „Was war es denn bei mir?"

„Das ist mein Geheimnis", sie küsste ihn. „Ich hab' dich lieb."

„Ich dich auch", erwiderte er.

Der Abend wurde wunderschön. Sie lachten und alberten herum wie die Kinder, als sie Riesenrad fuhren, ins Gruselkabinett gingen und Zuckerwatte assen. Die Zeit verging wie im Flug. Markus schoss für Anna eine paar Kunstblumen und kaufte ihr einen Baumkraxler. Sie schenkte ihm ein Lebkuchenherz mit dem Zierspruch „Für meinen liebsten Schatz" darauf.

Zum Abschluss kauften sie Champagner und Kerzen, die sie ins Hotel schmuggelten. Anna zündete die Kerzen an, dann gingen sie ins Bett.

Um Mitternacht stiessen sie mit dem Champagner auf ihren Hochzeitstag an und Markus zauberte aus seinem Schrank einen Strauss langstieliger roter Rosen hervor, den er Anna schenkte.

„Markus, du bist doch verrückt", rief sie begeistert. „So viele..."

„Genau dreissig, für jedes Jahr eine", erwiderte er und küsste sie. „Auf die nächsten dreissig Jahre."

Sie ahnten beide nicht, dass es nicht einmal mehr dreissig Stunden waren, die ihnen blieben.

Am nächsten Morgen frühstückten sie zeitig, um bereits um 9 Uhr in der Burgkapelle sein zu können, wo um 9.15 Uhr das sonntägliche Konzert der Wiener Sängerknaben begann. Anschliessend besichtigten sie die Hofburg.

Mehr als sechs Jahrhunderte hindurch war die kaiserliche Burg, inmitten der Inneren Stadt, die Residenz der Herrscher Österreichs. Hier wurde europäische Geschichte geschrieben, ob von Kaiserin Maria Theresia, Kaiser Joseph II oder auch von Kaiser Franz Joseph, der 68 Jahre seiner Regierungszeit zusehen musste, wie sein Vielvölkerreich langsam zerfiel. Heute ist die Hofburg der Amtssitz des österreichischen Bundespräsidenten. Die Wiener Hofburg wurde in den über 700 Jahren ihrer Geschichte ständig umgebaut und vergrössert. Sie vereint deshalb Bauteile der Gotik, der Renaissance und des Barock, Bauteile des Rokoko, des Klassizismus und der Gründerzeit in sich. Heute arbeiten hier knapp 5000 Menschen auf einer Gesamtfläche von 240.000 Quadratmetern.

Anna und Markus besichtigten in den nächsten Stunden die Burganlage, die Hoftafel- und Silberkammer, die Kaisergemächer und den absoluten Höhepunkt: die weltliche und geistliche Schatzkammer.

Was hier an geschichtsträchtigen Dingen vor ihnen lag, raubte nicht nur den Baumgartners den Atem, Millionen von Besuchern vor ihnen waren jedesmal in Ehrfurcht verstummt, wenn sie diese Pracht sahen.

In den 21 Räumen finden sich neben Krönungs- und Ordensinsignien vor allem die Reichskleinodien und Reliquien des Heiligen Römischen Reiches Deutscher Nation. Neben weiteren weltlichen und sakralen Kostbarkeiten besichtigen die Besucher vor allem auch den Schmuck und die Erinnerungsstücke der Habsburger, die heute einen unschätzbaren künstlerischen, materiellen und historischen Wert besitzen.

Nach diesem Marathonbesuch führte Markus Anna in eines der Traditionslokale, das in der Nähe lag und in dem man ein Wiener Schnitzel essen konnte, das fast grösser als der Teller war. Dazu gab es einen G'spritzten [Weinschorle].

Nach dem Essen, das sie kaum geschafft hatten, tranken beide ein Glas des berühmten Marillenlikörs [Aprikosenlikör], den es nur in Österreich gibt und für den die deutschen Liebhaber extra über die Grenze fahren.

„Ich glaube, ich kann heute keinen Schritt mehr tun", stöhnte Anna.

„Dann wird der Rückweg schwierig werden, denn ich glaube, wir sollten langsam ins Hotel zurück, es wird Zeit."

„Oh nein, bitte nicht. Markus, können wir nicht die *letzte* Maschine nehmen? Ich möchte gern noch ein bisschen bleiben, es ist so schön hier."

„Gut, ich versuche umzubuchen. So ganz recht ist mir das zwar nicht, aber wer kann dir schon einen Wunsch abschlagen?"

„Wunderbar. Da hinten ist ein Telefon, ruf den Flughafen an. Ich warte hier solange."

„Das will ich auch schwer hoffen", erwiderte Markus lächelnd, und stand auf. Als er zurückkam, sagte er: „Es geht alles in Ordnung. Der letzte Flug nach Hamburg geht um 19.40 Uhr. Da bleiben uns noch rund fünf Stunden. Was willst du also tun?"

„Den Zentralfriedhof besichtigen."

„Oh, nein, ich denke, du kannst nicht mehr. Noch mehr laufen? Muss das sein?"

„Nein, muss nicht. Ich finde nur, wir haben so vieles nicht gesehen: Schloss Schönbrunn, die Donau, den Zentralfriedhof..."

„Ja, und auch keines der Museen...", unterbrach Markus sie. „Wir können doch jederzeit wiederkommen, oder? Das schaffen wir heute sowieso nicht mehr. Warte mal", er überlegte. „Ich hab da doch gestern was Interessantes im 'Baedeker' gelesen." Er blätterte im Reiseführer und sah dann auf seine Uhr. „Pass auf, ich schlage vor, wir fahren mit der Oldtimer-Tram, einer uralten Strassenbahn noch einmal quer durch die Stadt und anschliessend lade ich dich zu 'Demel' ein, denn wenn wir schon im 'Sacher' schlafen, müssen wir wenigstens im 'Demel' Köstlichkeiten kosten."

„Hm, nicht übel. Du weisst genau, dass ich da nicht widerstehen kann."

„Eben, also los."

Sie gingen zum Karlsplatz, besichtigten noch schnell den 1901 von Otto Wagner wunderschön gestalteten Pavillon aus Marmor und Gold, der heute als Zugang zur U-Bahn-Station genutzt wird, und stiegen dann in die historische Strassenbahn. In den nächsten 150 Minuten  sahen sie noch einmal alle wichtigen Sehenswürdigkeiten der Donaumetropole.

„Es kommt mir vor, als würde ich auf den Spuren Erich Kästners durch Wien fahren", sagte Anna während der Fahrt.

„Wieso? Ich denke, er hat in Dresden, Leipzig und Berlin gelebt."

„Ja, aber das 'Doppelte Lottchen' war immer eines meiner Lieblingsbücher von ihm, und das spielt zum Teil hier in Wien. Der Vater von Lotte und Luise, Kapellmeister Palfy, hatte ein Atelier am Kärntner Ring, über den wir vorhin gelaufen sind; wohnte mit seiner Tochter in der Rotenturmstrasse, die vor dem Stephansdom entlanggeht; und essen ging er mit ihr ins 'Hotel Imperial', Wiens erstes Haus. Das ist irgendwie kurios, so als sei die Geschichte lebendig geworden."

„Ich verstehe, was du meinst."

Später sassen sie dann im 'Demel', Wiens erster Adresse der Konditoreikunst. Anna bestellte sich ein Veilchensorbet, weil sie gelesen hatte, dass dafür sogar die, sonst dem Schlankheitswahn krankhaft verfallende, Kaiserin Sisi schwach geworden war. Markus ass Sachertorte - die angeblich einzig echte.

Zweieinhalb Stunden später startete die Maschine Richtung Hamburg.

Anna sass neben Markus, die Blumen lagen auf ihrem Schoss, und sie hielt seine Hand. Kurze Zeit danach waren beide eingeschlafen.

Eine Stunde später lag Markus halb begraben unter Flugzeugtrümmern. Dicker Rauch zog durch die Kabine und von Anna war nichts zu sehen.

Um ihn herum lagen überall verstreut rote Rosen.

\*\*\*

„Nehmen Sie manchmal starke Schmerzmittel?" fragte der Arzt Julia gerade.

„Nein, warum? Manchmal eine Kopfschmerztablette, aber nicht mehr."

„Wir haben in Ihrem Mageninhalt und in Ihrem Blut Spuren eines starken Analgetikums gefunden."

„Das verstehe ich nicht. Ich dachte, der Fisch sei verdorben."

„Der Fisch war tadellos, aber irgend etwas müssen Sie eingenommen haben!"

„Nein, ich sagte doch, manchmal ein Aspirin, mehr nicht!"

„Hm, das verstehe ich immer noch nicht, aber ... Ich möchte Sie nur warnen, sollten Sie ein Medikament dieser Art nehmen, achten Sie künftig besser auf die Nebenwirkungen!"

In diesem Augenblick schoss es Julia wie eine Gedankenassoziation durch den Kopf 'Nebenwirkungen - Apotheke - Cornelia!' Sie sah Markus an. Er schien den gleichen Gedanken zu haben, doch beide wagten nicht, diese ungeheuerliche Beschuldigung laut auszusprechen. Markus verabschiedete sich fast hastig und Julia ahnte, wohin er fahren würde.

„Hast du Sorgen, Kind?" fragte Dorothea Neuhaus, die mit wachsendem Entsetzen der Unterhaltung gefolgt war.

„Nein, ach Quatsch, ich sag doch, ich nehme nichts. Wahrscheinlich haben die die Befunde verwechselt. Sowas kommt ja wohl häufiger vor."

Glücklicherweise wurde Frau Neuhaus in diesem Moment zu einer Untersuchung abgeholt und Julia hatte Zeit zum Nachdenken.

'Dieses fiese Weib wollte mich vergiften - das fasst man doch nicht!' dachte sie. 'Das gibt eine schöne Anzeige', überlegte sie weiter, ' und verklagen werde ich sie auch.' Julia überlegte schon, ihren Versicherungsvertreter wegen der Rechtsschutzversicherung anzurufen, als sie innehielt.

Konnte sie das wirklich tun? Konnte sie das Markus antun?

Cornelia hatte es offensichtlich nicht interessiert, wie sehr sie ihren Vater damit treffen würde. Sie schien keinen Moment lang über die Konsequenzen nachgedacht zu haben, auch nicht über ihre beruflichen. Oder hatte Cornelia Baumgartner gar nicht damit gerechnet, dass sie überleben würde?

Julia wurde einen Moment schlecht. Was war hier los? War Cornelias Eifersucht *so* gross? Warum?

Glücklicherweise setzte jetzt der übliche Vormittagsbetrieb im Krankenhaus ein und Julia kam nicht dazu, weiter zu grübeln.

\*\*\*

„Das kann nicht wahr sein! Das gibts doch einfach nicht! Wie konntest du so etwas tun?" Wütend lief Markus Baumgartner im Zimmer auf und ab und schrie seine Tochter an. Er hatte nicht gedacht, das jemals tun zu müssen.

Die Schmerzen in seinem Bein wurden fast unerträglich. Er musste aufpassen, dass er nicht vollends die Beherrschung verlor. Deshalb hinkte er ins Bad, um seine Tropfen zu nehmen. Als er das Fläschchen 'Valoron' in der Hand hielt, fiel es ihm wie Schuppen von den Augen. *Das* war das Mittel, das seine Tochter Julia gegeben hatte! Er erinnerte sich, dass sein Arzt ihn vor einer Überdosierung gewarnt hatte, und ihm genau die Symptome schilderte, die bei Julia aufgetreten waren.

Soviel Niedertracht liess ihn einen Augenblick schwindelig werden. Er setzte sich auf den Rand der Badewanne und konnte einen Moment überhaupt nicht mehr denken.

Nein, die Tropfen würde er jetzt nicht nehmen, dann durfte er kein Auto fahren, und das wollte er. Er musste weg, sofort, nicht einen Augenblick lang konnte er es ertragen, mit dieser Person unter einem Dach zu leben.

Markus ging in sein Zimmer, packte eine Reisetasche zusammen und liess den Wagen vorfahren. Er rief Julia an und sagte ihr, dass er für ein paar Tage verreisen müsste. Er wich ihren Fragen aus und beendete das Gespräch sehr schnell.

Als er zurück in den Wohnraum kam, sass Cornelia zusammengesunken auf der Couch, ein Glas Scotch in der Hand und weinte.

Es interessierte ihn nicht einen Moment.

„Ich fahre nach Nordstrand. Wenn ich nächste Woche zurück bin, bist du ausgezogen! Ich will nicht, dass du noch einen Tag länger hier wohnst. Hast du verstanden?"

„Ja", kam es schluchzend von der Couch.

Er ging hinaus, sagte Charles, wohin er fuhr und stieg mit zusammengebissenen Zähnen mühevoll in den BMW.

Knapp zwei Stunden später hatte er sein Haus auf Nordstrand erreicht.

\*\*\*

Am frühen Abend zog im Krankenhaus Ruhe ein. Das war die Gelegenheit für Julia, ihre Grossmutter noch einmal nach den Briefen zu fragen.

„Wer war Hans Hansen?"

„Kind, das ist lange her ... es war im Krieg ... Ich war 25, als ich ihn kennenlernte. Er war Schreiner. Wir trafen uns in Altona bei einem kleinen Gartenfest. Ich sah ihn und wusste sofort, dass er der richtige war. Das hört sich sicher komisch an..."

„Nein, Oma, überhaupt nicht. Mit Markus ging es mir genauso.

Und weiter?"

„Nun, ein paar Monate später wurde er eingezogen. Jede Woche schrieb er mir einen Brief... das sind die, die du gefunden hast. Dann bekam er ein paar Tage Heimaturlaub. - Es waren die schönsten Tage meines Lebens. Zum Abschied schenkte er mir ein paar Ohrringe, die er in einem ausgebombten Schloss gefunden hatte und bat mich, ihn nie zu vergessen." Ihre Stimme zitterte. „Komisch, das ist schon so lange her, über fünfzig Jahre, und trotzdem..."

„Sind das die Ohrringe, die du mir zu meinem 18. Geburtstag geschenkt hast?" fragte Julia sanft.

„Ja, Hans hatte sie mir gegeben. Dann musste er an die Ostfront ... das war im Winter 42/43 ... er kam nie zurück ..."

„Wie tausende andere auch ..." sagte Julia leise.

„Ja, aber das war kein Trost für mich. Ich liebte ihn so sehr, ich wollte später nie einen anderen Mann heiraten ..." sie schwieg.

„Dann kannst du doch verstehen, was ich für Markus empfinde", fragte Julia.

„Ja, wenn es bei dir auch so ist...?"

„Ja, Oma" erwiderte Julia. „Und auch wenn es ziemlich theatralisch klingt: ich liebe ihn mehr als mein Leben. Kannst du dir sowas vorstellen?"

Frau Neuhaus nickte. Dann sagte Julia: „ Aber lass uns damit aufhören, sonst brechen wir hier beide noch in Tränen aus. Sag mir lieber, wann hast du Opa kennengelernt?"

„Das war nach dem Krieg. Er war Bäcker, wie du weisst, und wir sahen uns jedesmal, wenn ich Brot holen ging."

„War das nicht die Zeit der Lebensmittelkarten?"

„Richtig. Na jedenfalls stellte er es immer so an, dass *er* mich bediente, wenn ich kam. Eines Tages fragte er mich dann, ob ich nicht Lust hätte, mit ihm auszugehen. Ja, eigentlich hatte ich keine Lust, denn mein Herz gehörte immer noch Hans, aber ich wollte ihm auch keinen Korb geben, das fand ich ungehörig. Also stimmte ich zu.

Naja, und wie es dann so geht ... er war ein sehr gütiger, freundlicher und stiller Mann, der mich immer gut behandelte. Als er mich eines Tages fragte, ob ich ihn heiraten wolle, konnte ich nicht ablehnen. Ich kann dir das jetzt auch nicht so richtig erklären, ich fand, er hatte eine Ablehnung einfach nicht verdient, und sympathisch war er mir schon, natürlich..."

„Hast du Opa von Hans erzählt?"

„Ja, und das Erschütternde daran war, dass er zu mir sagte, es mache ihm nichts aus, dasss ich ihn nicht lieben würde, wenn ich nur bei ihm bliebe. Was willst du darauf noch sagen?

Ich wusste keine Antwort, umarmte ihn und sagte ihm, dass ich ihn nie verlassen würde."

„Was du ja auch nicht getan hast. Jetzt weiss ich, warum du damals keinen Moment von Opas Seite gewichen bist, und sie dir ein zweites Bett in sein Krankenzimmer stellen mussten."

„Hm, ich hatte es ihm versprochen. Und wir beide hatten doch ein schönes Leben, haben zwei Kinder grossgezogen, die ihren Weg im Leben machen, haben Enkel, was will man mehr? Ich hätte nur gern noch mehr Zeit mit ihm gehabt, aber..."

„Meinst du nicht, dass du Opa geliebt hast?"

„Doch, das tat ich. Wenn auch auf eine andere Art als Hans. Damals war ich einfach noch zu jung, romantisch ... wer weiss, ob ich mit Hans je so glücklich geworden wäre ... so etwas wird einem aber erst klar, wenn man älter wird. - So, mein Spatz, jetzt ist aber Schluss mit den Erinnerungen. Ich bin müde, lass uns schlafen."

Julia stand auf, gab ihrer Grossmutter einen Gutenachtkuss und sagte leise: „Danke, dass du es mir erzählt hast."

Am nächsten Tag wurde Julia nach Hause entlassen, den Arm hatte man ihr eingegipst. Kaum zuhause, rief sie ihre Freundin an: „Janet, du glaubst einfach nicht, was passiert ist?"

„Was denn, bist du von deiner Wolke gefallen?"

„Ja, das kann man sagen, im wahrsten Sinne des Wortes. Ich habe mir den Arm gebrochen."

„Du hast *was*?"

„Ja, ausserdem habe ich dir Unmengen zu erzählen. Kannst du heute abend vorbeikommen? Bring was vom Chinesen mit."

„Okay, wann?"

„Ist 18.30 Uhr zu früh?"

„Kein Gedanke, ich bin schon ganz gespannt."

\*\*\*

Cornelia Baumgartner hatte die letzten Stunden damit verbracht, über ihr Handeln nachzudenken. Es hatte nicht lange gedauert, bis ihr aufgegangen war, dass sie mit ihrer Tat weniger Julia sondern ihren

Vater *viel mehr* getroffen hatte. Und das war eigentlich überhaupt nicht ihre Absicht gewesen. Sie fragte sich, was in ihrem Kopf vorgegangen war, so etwas zu tun, das Leben eines anderen und gleichzeitig ihre Karriere zu ruinieren. Sie bekam plötzlich grosse Angst, ihren Vater dadurch für immer zu verlieren. Dieser Gedanke traf sie mehr als alles andere.

Es gab nur einen Tag in ihrem Leben, der noch schrecklicher endete als dieser hier, und der lag 19 Jahre zurück...

Es war eine laue Sommernacht. Cornelia und ihre Freundin Andrea kamen von der Geburtstagsfeier einer Schulkameradin, die heute fünfzehn geworden war.

„Hast du diesen Typen gesehen, der den ganzen Abend neben Mario stand? Sah der nicht süss aus?"

„Ja, aber der ist doch mindestens schon 18..."

„Also steinalt...?"

„Richtig!"

„Du bist echt verrückt, weisst du das?"

„Ja."

„Okay, Conny, wir sind da. Machs gut, ich ruf dich gleich noch an."

„Ja, bis dann."

Sie standen vor Bergers Haustür und verabschiedeten sich. Das Anwesen von Cornelias Eltern lag hinter der nächsten Wegbiegung. Die Aussenbeleuchtung schimmerte durch die Zweige. Doch bis dorthin kam Cornelia an diesem Abend nicht mehr.

Als Andrea eine halbe Stunde später bei ihrer Freundin anrief, ging Markus ans Telefon.

„Guten Abend, Herr Baumgartner, hier ist Andrea. Kann ich bitte Conny sprechen?"

„Wieso, sie ist nicht hier. Wo bist du denn? Ich denke, ihr wolltet zusammen heim gehen?"

„Sind wir ja auch. Vor einer guten halben Stunde hat sich Conny von mir vor unserer Haustür verabschiedet. Wo ist sie?"

„Keine Ahnung." Markus merkte, wie die Angst in ihm hochstieg. Er beendete das Telefonat und stürzte in den Flur. Anna lag glücklicherweise schon im Bett, sie hatte an diesem Abend fürchterliche Migräne. Markus zog rasch seinen Mantel an, schnappte sich die Taschenlampe und lief hinaus.

Vor dem Tor fand er seine Tochter. Sie hockte zusammengesunken auf der Erde und wimmerte leise vor sich hin. Als er sie ansprach, reagierte sie nicht. Zu seinem Schrecken sah Markus, dass ihre Kleidung zerrissen und blutig war. Er rannte ins Haus, rief den Notarzt und holte Anna.

Im Krankenhaus diagnostizierten die Ärzte einen Schock infolge einer Vergewaltigung.

Cornelia sprach drei Tage kein Wort, starrte nur vor sich hin. Als es ihr physisch besser ging, nahmen die Eltern sie mit heim. Die Ärzte rieten dringend zu einer Therapie, weil Cornelia suizidgefährdet sei. Die Baumgartners beschlossen, dass Anna mit ihrer Tochter in das Haus auf Nordstrand fahren sollte. Ein Orts- und Klimawechsel würden ihr bestimmt guttun. Sie liessen sich einen Psychologen in Husum empfehlen, den sie aufsuchen würden.

Es dauerte lange, bis sich Cornelia von diesem Schock erholt hatte.

Die Angst vor Männern begleitete sie dennoch ein Leben lang.

\*\*\*

Markus erreichte sein Haus am frühen Nachmittag. Er konnte sich an die Fahrt kaum erinnern, immer wieder waren ihm die gleichen Gedanken durch den Kopf gegangen. Ausserdem hatte er das Gefühl, die Schmerzen raubten ihm den Rest von Verstand.

Er liess das Gepäck im Wagen, das konnte er später holen.

Frau Jensen hatte das Haus hergerichtet, die Heizung lief und sogar der Kamin brannte. Markus legte sich auf die Couch, nahm das 'Valoron' und versuchte, zur Ruhe zu kommen.

Noch mehr als heute morgen auf dem Weg zur Klinik war er sich sicher, Julia jetzt zu verlieren. Letztlich war es doch egal, dass Cornelia die Drinks vergiftet hatte, sie war schliesslich *seine* Tochter. Markus schämte sich für sie.

Es gab nichts, aber auch gar nichts, dass er Julia sagen konnte, um das Geschehene zu entschuldigen. Er wagte es nicht einmal, sie anzurufen.

Am liebsten wäre er hier für immer liegengeblieben.

Ohne sich dessen richtig bewusst zu sein, bewegte sich Markus am Rand einer Depression.

\*\*\*

„Ich fasse es nicht!" Janet war so entsetzt, dass ihr bereits zum zweiten Mal ein Stück Frühlingsrolle von den Ess-Stäbchen gefallen war. „So eine fiese Kuh! Nach allem, was du mir von deinem Markus erzählt hast, scheint ja seine Tochter nicht nach ihrem Vater zu schlagen. Da will die dich vergiften!" Janet konnte nur noch mit dem Kopf schütteln. „So was gibts doch nur in einem schlechten Blockbuster, oder?"

„Tja, das Leben schreibt manchmal die tollsten Geschichten."

„Wirst du jetzt philosophisch? Dann gehe ich gleich."

„Quatsch, bleib. War bloss ein misslungener Scherz."

„Sag mir lieber was du jetzt tun willst? Zeigst du sie an?"

„Wenn ich das wüsste."

„*Wie bitte*? Ich hör ja wohl nicht recht. Was lässt dich eine Sekunde zögern?"

„Na, Janet, überleg doch mal, was denkst du, was das für ein Getratsche gibt? Das ist Cornelia gleich Stadtgespräch."

„Super, jeder kriegt, was er verdient!"

„Eben, aber hier bekommt Markus einiges mit ab - und das gefällt mir überhaupt nicht."

„Du bist doch unverbesserlich! Aber dieser Mann bedeutet dir eine Menge, oder?"

Julia nickte. „Da sind wir schon beim nächsten Punkt, den ich unbedingt mit dir bereden muss."

„Schiess los."

„Er hat gestern ziemlich abrupt das Krankenhaus verlassen. Kein Wunder, nachdem was uns der Arzt gerade gesagt hatte. Aber ich mache mir Sorgen um ihn."

„Ja, unsere Mutter Teresa. Warum machst du dir Sorgen? Wenn Herr Baumgartner ein so erfolgreicher Immobilienmakler war, wie du sagst, dann ist er in seinem Leben schon mit ganz anderen Schwierigkeiten fertig geworden."

„Oh, Mann, was hat denn das jetzt *damit* zu tun? Es geht doch hier um rein menschliche Dinge. Cornelia ist seine *Tochter*. Was glaubst du, wie er sich fühlen wird."

„Fahr hin und krieg es raus!"

„Das hätte ich längst getan, wenn ich nicht fürchten müsste, dieser Frau in die Arme zu laufen. Und das ich auf diese Begegnung nun *wahrlich* verzichten kann, ist dir doch klar, oder?"

„Dann ruf ihn doch einfach an. Was ist denn los mit dir, du bist doch sonst nicht so langsam?"

„Habe ich doch vorhin. Charles sagte, er wäre für ein paar Tage verreist."

„Wer ist denn Charles?"

„Der Butler."

„Der *was*? Grosser Gott, wo bist du denn hingeraten?"

„Kannst du jetzt mal aufhören? Kann ich was dafür, dass Markus so reich ist?"

„Nö, aber ist doch Spitze!"

„Für dich vielleicht, ich find' es grauenvoll!"

„Du bist echt krank! Ich würde mich halbtot freuen!"

„Können wir jetzt bitte wieder zum Ausgangspunkt zurückkommen?"

„Okay, okay, entschuldige... Dein Markus ist also verreist?"

Julia nickte: „Ja, aber das gefällt mir nicht."

„Kannst du das mal näher erklären?"

„Nein, kann ich nicht, ist nur so ein Gefühl. Ich glaube, es ist nicht gut, dass er jetzt allein ist."

„Dann fahr ihm nach, du wirst doch wohl rauskriegen, wo er ist! Ist dieser Butler nett oder very british?"

„Nein, zu mir war er an diesem Abend sehr freundlich."

„Na bitte, dann ruf noch mal bei ihm an und sage ihm, dass du dich sorgst. Er wird dir bestimmt verraten, wo dein Markus ist."

„Warum bin ich darauf nicht selbst gekommen?"

„Tja, auch eine beste Freundin braucht ihre Existenzberechtigung. Los, ruf gleich an, ich will jetzt auch wissen, was Sache ist."

Fünf Minuten später wusste Julia, dass Markus in seinem Haus auf Nordstrand war. Janet hatte inzwischen im Internet die Deutsche Bahn-Auskunft angeklickt. „Du willst gleich los, oder?"

„Ja, ich habe keine ruhige Minute mehr. Sei mir nicht böse..."

„Kein Gedanke. Und - wo ist er?"

„Auf Nordstrand. Ich muss also bis Husum und dann weiter mit Bus oder Taxi."

„Willst du mein Auto haben?"

„Und der hier?" Julia hielt ihren Gipsarm hoch. „Nein, ich fahre mit dem Zug. Wann geht der nächste?"

Janet klickte die Anzeigen durch. „In 40 Minuten ab Altona. Komm, pack dein Zeug zusammen, ich räum hier inzwischen das Essen weg und dann fahr ich dich schnell zum Bahnhof, okay?"

„Ja, super!"

Die Fahrt dauerte knapp zwei Stunden. Julia hatte, wie üblich, ein Buch dabei, aber nachdem sie eine Seite dreimal gelesen hatte, ohne ein Wort zu begreifen, legte sie es beiseite. Die zwei Stunden kamen ihr endlos vor, der Zug schien im Schneckentempo zu fahren. Während sie in die winterliche Finsternis starrte, die vor dem Fenster vorbeiflog, kreisten ihre Gedanken immer wieder um dasselbe. Warum hatte Cornelia das getan? Julia wusste, dass es ihr schwerfallen würde, das Geschehene zu entschuldigen, zumindest was Cornelia betraf. Markus hatte ja von all dem keine Ahnung gehabt. Aber was machte er jetzt?

Pünktlich um 22.08 Uhr fuhr der Zug endlich im Husumer Hauptbahnhof ein. Nachdem Julia festgestellt hatte, dass der letzte Bus nach Nordstrand schon um 18.40 Uhr gefahren war, ging sie zum Taxistand. Aber Taxis waren auch nicht da.

'Na super', dachte sie. 'Kann nicht vielleicht mal *irgendwas* klappen? Wie komm' ich jetzt nach Nordstrand?'

Sie überlegte, ob sie auf ein Taxi warten sollte. Andererseits wusste sie nicht, ob um diese Zeit überhaupt welche zum Bahnhof kamen. Also hängte sie sich ihren Rucksack um und machte sich auf den Weg Richtung Schobüll. Das waren ungefähr sechs Kilometer. Das einzige, was sie jetzt noch versuchen konnte, war zu trampen. Und wenn das auch nicht ging, würde sie halt laufen. Das war zwar das Verrückteste, das sie tun konnte, bei dieser Kälte und dieser Entfernung, aber letztlich konnte sie jetzt nichts mehr aufhalten. Sie wollte nur noch zu Markus.

Nach einer knappen Stunde hatte sie Schobüll erreicht. Normalerweise hätte sie total durchgefroren sein müssen, denn jetzt in der Nacht waren es hier wenigstens -10°C, aber Julia spürte davon überhaupt nichts. Ihr war so warm, dass sie zwischendurch immer wieder ihre Handschuhe ausgezogen hatte.

Doch hier oben auf der Dammbrücke pfiff der Wind eiskalt, und die Temperatur schien weiter gefallen zu sein. Julia war froh, dass sie sich vorsorglich so warm angezogen hatte.

Nach weiteren zehn Minuten sah sie plötzlich Schweinwerfer hinter sich. Der Wagen hielt und der Fahrer fragte völlig entgeistert: „Wo wollen *Sie* denn hin?"

„Ich muss nach Nordstrand."

„Das dachte ich mir fast. Na, dann kommen Sie mal mit, Sie holen sich hier draußen ja den Tod!"

„Danke, klasse", sagte Julia begeistert und stieg ein.

„Wo genau wollen Sie hin?" fragte der Unbekannte.

„In den Trendermarschkoog, zum Grünen Weg."

„Und wieso so spät, wenn ich fragen darf?"

„Es ging nicht eher. Und bis morgen wollte ich nicht warten. Es ist wichtig."

„Das scheint mir allerdings auch so. Na, dann werd' ich Sie mal hinfahren."

„Nein, ich kann doch den Rest des Weges laufen. Wohin müssen Sie denn?"

„Nur bis zum Friesenweg. Aber Sie werden nicht laufen, das sind nämlich nochmal drei Kilometer. Das Stück fahre ich schnell."

„Haben Sie herzlichen Dank."

Es war kurz vor Mitternacht, als der Wagen vor Baumgartners Haus hielt.

Markus war auf der Couch eingeschlafen. Jetzt wurde er vom Motorengeräusch wach. Einen Augenblick dachte er, er würde sich irren. Wer sollte mitten in der Nacht in diese Einsamkeit kommen? Doch dann schlug die Glocke an.

Als Markus die Tür öffnete, glaubte er zu träumen. Julia stand draussen, strahlte ihn an und fiel ihm um den Hals.

„Wo kommst du denn her?" fragte er völlig überrascht.

„Aus Hamburg, ich wollte unbedingt zu dir", sie küsste ihn. „Ich hab es einfach nicht mehr ausgehalten", sagte sie dann. Er konnte es noch immer nicht glauben. Die ganzen letzten Stunden hatte er gedacht, er würde sie nie wiedersehen und hatte versucht, sich damit abzufinden. Jetzt stand sie urplötzlich vor ihm.

Er nahm sie noch einmal in die Arme. „Dass ich dich wiederhab'" sagte er leise in ihr Ohr.

„So schnell wirst du mich nicht los", erwiderte Julia, dann fragte sie: „Könnte ich jetzt bitte einen Cognac bekommen?"

„Aber sicher, den brauch' ich auch."

Eine halbe Stunde später lagen sie im Bett. Jetzt merkte Julia auch, wie todmüde sie war.

Sie kuschelte sich an Markus und sagte: „Ich muss jetzt leider schlafen."

„Kein Wunder", erwiderte er. „Aber verrätst du mir vorher noch, wie du hergekommen bist?"

Julia erzählte ihm die ganze Geschichte. Er war total entsetzt: „Du hättest dir den Tod holen können, bei diesem Wetter."

„Mir war nicht kalt. Ich wusste ja, zu wem ich wollte..."

„Du bist verrückt, weisst du das?"

„Und du bist es wert." Sie sah ihn an, lächelte und sagte: „Ich wäre auch den *ganzen* Weg gelaufen ... ich hab dich nämlich sehr lieb." Sie küsste ihn noch einmal. „Gute Nacht."

„Schlaf schön, mein Mädchen."

Markus lag in dieser Nacht noch lange wach. Er war ziemlich verwirrt. Er genoss es, dass Julia wieder bei ihm war, vor allem, nachdem es gestern noch ganz anders ausgesehen hatte. Gleichzeitig rührte es ihn, dass sie ihn so bedingungslos liebte. Er hatte nicht erwartet, dass ihm das in seinem Leben noch einmal passieren würde.

Hatten sie vielleicht wirklich eine gemeinsame Zukunft? Wenn Cornelia nicht mehr im Haus wohnte und somit unliebsame Begegnungen auszuschliessen waren, ob Julia dann zu ihm ziehen würde? Er wusste jetzt, dass er nicht mehr einen einzigen Tag ohne sie leben wollte. In dieser Nacht gestand er sich ein, dass er sie liebte.

\*\*\*

Im Morgengrauen wurde Julia wach, weil Markus sie küsste. Sie liess ihre Augen geschlossen und genoss den Duft seiner Haut.

Sie dachte: 'Wenn ich sterben muss, dann in diesem Augenblick. Glücklicher werde ich niemals sein.' Markus war sanft und zärtlich, und während es draussen stürmte und schneite, nahm er sie mit auf eine Reise, die sie beide alles vergessen liess.

Später beschlossen sie, den ganzen Tag im Bett zu bleiben.

Markus machte Frühstück und half ihr dann beim Essen. Sie lachten viel, besonders, als Julia sagte: „Ich bin bloss froh, dass es der linke Arm ist," und Markus dabei spitzbübisch ansah.

„Ich auch", erwiderte er.

Später an diesem Vormittag, sie lasen gerade die Zeitungen, lies er sein Blatt sinken, sah sie über den Rand seiner Brille an und sagte: „Ich glaube, wir müssen reden."

„Jetzt siehst du aus wie mein Lieblingsprofessor", Julia lächelte. „Ja, wir müssen über Cornelia reden, aber nicht heute. Das läuft uns doch nicht weg."

Er erwiderte: „Hast du mir nicht gesagt, ich solle nicht immer alles verdrängen?"

„Hier wird doch nichts verdrängt. Ich will einfach mit dir diesen schönen Tag geniessen. Zwischen uns hat sich doch nichts geändert."

Er sah sie zweifelnd an: „Wirklich nicht?"

„Meinst du, ich wäre sonst mitten in der Nacht zu dir gekommen?"

Er nahm seine Brille ab, küsste sie und sagte: „Das hast du auch wieder recht."

Am Nachmittag wurde es schnell dunkel. Julia bat Markus, Kerzen zu holen, die sie anzündeten. Sie hatte in seinem Bücherregal einen Band von E. A. Poes Erzählungen gefunden. Daraus las sie ihm jetzt 'Der Untergang des Hauses Usher' vor.

Geschichten vorzulesen gehörte schon immer zu ihren absoluten Lieblingsbeschäftigungen.

„Das ist ja richtig gruselig, so wie du es vorliest", sagte Markus nach einigen Minuten.

„Das soll es ja auch sein", flüsterte Julia.

Als sie nach einer Stunde fertig war, meinte Markus: „Ob ich mich jemals wieder aus diesem Zimmer traue, ist noch die Frage."

„Gut, dann werden wir für immer hierbleiben. Kein schlechter Gedanke", Julia lächelte.

„Nun, vielleicht nicht für immer", erwiderte Markus. „Aber auf jeden Fall für die nächste Zeit, einverstanden?"

Julia nickte: „Phantastische Idee!"

\*\*\*

„Wir kommen frühestens in zwei Wochen zurück. Sagen Sie das bitte meiner Tochter." Markus telefonierte mit Charles.

„Sie ist im Esszimmer. Möchten Sie nicht selbst mit ihr sprechen?"

„Nein, Charles, das möchte ich ganz sicher nicht, und Sie wissen warum. Bevor wir nach Hamburg zurückkommen, rufe ich Sie an. Cornelia sollte dann ausgezogen sein." Er macht eine kleine Pause. „Danke, Charles, und - machen Sie sich ein paar ruhige Tage. Ich melde mich."

„Auf Wiedersehen, Herr Baumgartner." Nachdem Charles den Hörer aufgelegt hatte, drehte er sich um. Cornelia stand hinter ihm. „War das mein Vater?" fragte sie. Der Butler nickte.

„Er kommt in zwei Wochen. Sie möchten bis dahin ausgezogen sein."

Cornelia merkte, dass ihr die Tränen kamen. Schnell wendete sie sich ab und ging hinaus. Charles leises „Es tut mir wirklich leid", hörte sie nicht mehr.

Sie war kurz vor dem Durchdrehen. Nur mit Mühe brachte sie die tägliche Arbeit in der Apotheke hinter sich. Inzwischen war ihr längst klargeworden, dass sie einen unverzeihlichen Fehler begangen hatte. Mehr als diese Erkenntnis aber traf sie das Verhalten ihres Vaters. Er ignorierte sie konsequent.

Diese Konsequenz war das Schlimmste, das er ihr antun konnte. Sie verstand ihn sogar, wusste, dass sie eine Strafe verdiente, wie auch immer diese aussehen würde. Aber sein jetziges Verhalten traf ihr Innerstes.

Sie hatten seit der Nacht vor 19 Jahren ein besonderes Verhältnis zueinander gehabt. Ihr Vater war der einzige Mann, den Cornelia in ihrer Nähe ertragen konnte. Daran hatte sich auch in all den Jahren nichts geändert. Sie hatte ein paar halbherzige Versuche unternommen, mit anderen Männern auszugehen, aber kaum begannen sie, sich näher für sie zu interessieren, zog sie sich sofort zurück.

Sie hatte Julia niemals ernsthaft schaden wollen. Sie wollte ihr nur eine Lektion erteilen, in der Hoffnung, dass Julia ihr Interesse an Markus verlieren würde. Dass das so schief gegangen war, hatte sie selbst entsetzt. Es war die reine Eifersucht gewesen, die sie zu dieser Handlung getrieben hatte. Sie wollte ihren Vater nicht an eine Frau verlieren, die so alt wie sie selbst war, und die neben ihm so unverschämt glücklich wirkte. Dass auch ihr Vater wieder glücklich zu sein schien, hatte Cornelia nicht wahrhaben wollen.

Doch jetzt war es zu spät für Entschuldigungen. Sie musste die Konsequenzen ihres Handelns allein verantworten.

***

Sie standen buchstäblich am Ende der Welt.

Am Vormittag waren Julia und Markus mit dem Schiff hinüber zur Hallig Hooge gefahren. Sie hiess nicht umsonst die „Königin der Halligen".

Vor ihnen lag jetzt die offene See. Ein merkwürdiges Zwielicht lag über dem Horizont. Es war absolut still. Kein Vogel war zu hören, kein Geräusch menschlicher Zivilisation, nur unendliche Stille und grenzenlose Weite.

„Ob so der Himmel aussieht?" fragte Julia leise. Markus nahm sie in den Arm. „Wahrscheinlich."

„Schade, dass heute unser letzter Tag ist", sagte Julia.

„Wir können doch jederzeit wiederkommen." Er machte eine kleine Pause. „Übrigens, ich wollte dich schon die ganze Zeit etwas fragen..." er stockte.

Sie sah ihn an: „Was denn?"

„Würdest du zu mir ziehen, wenn wir wieder in Hamburg sind?"

„Und deine Tochter?"

„Ist ausgezogen. Also, was sagst du?" Er sah sie fragend an.

„Warum kann nicht alles so bleiben, wie es ist?"

„Ja, natürlich, wenn du das möchtest..." Er liess sie los und begann, den Strand entlang zu gehen.

Sie war mit drei Schritten bei ihm, sah ihn an und sagte:

„Du verstehst mich völlig falsch. Ich möchte gern jeden Tag mit dir zusammen sein, aber ... deine Art zu leben ist mir so völlig fremd. Dieses riesige Haus, Charles ... eben alles. Ich wäre in ständiger Panik, mich falsch zu benehmen, etwas Wertvolles kaputt zu machen, und ausserdem..." sie stockte, "lassen wir das. Es wäre viel schöner, wenn du zu mir ziehen würdest." Sie lachte. „Ja, ich weiss, dass das Blödsinn ist. Also gut, wenn du es gern möchtest..."

„Es geht hier nicht darum, was ich möchte..." erwiderte er.

„Doch, für mich schon. Oder meinst du, nach dieser schönen Zeit hier oben wirst du mich je wieder los?"

„Hoffentlich nicht," er lächelte und küsste sie dann.

„Wenn ich ehrlich bin, ich wollte mich auch schon lange von der Villa trennen. Das kann ich doch jetzt tun. Wir fangen neu an, in einem neuen Haus, ohne Erinnerungen."

„Und ohne Butler."

„Wenn du unbedingt willst. Es wird Zeit, dass wir nach Hamburg zurückfahren, ich habe nämlich eine Überraschung für dich."

„Ja, was ist es? Erzähle", Julia war begeistert.

Er lächelte: „Kein Wort. Ist doch eine Überraschung."

„Können wir bitte *sofort* zurückfahren?"

„Du bist eine Verrückte, weisst du das?"

„Ja, manchmal." Sie sah ihn an. „Überlege dir, worauf du dich da einlässt."

„Auf ein neues Leben", sagte er leise.

„Hmhm", Julia nickte. „Ich hab dich lieb", sie küsste ihn. „Und jetzt müssen wir langsam zur Anlegestelle, sonst fährt der Kahn ohne uns ab."

***

„Herr Vogel, Sie verkennen den Ernst der Lage!"

„Quatsch, ich weiss, was für mich auf dem Spiel steht. Ihr wollt mich wegen Mordes drankriegen, aber das läuft nicht!"

„Das läuft nicht? Sie haben vor den Augen von zwanzig Polizisten einen Menschen erschossen!"

„Mann, das wollte ich überhaupt nicht. Der hat doch zuerst gefeuert."

„*Wie bitte*? Kollege Mertens hat Ihnen zugerufen, Sie Drei sollen die Hände hochnehmen!"

„Ja, mit 'ner Knarre in der Hand!"

„Na womit denn sonst?!"

„Ja eben, da fühlte ich mich bedroht!"

„Ach", Bernd Hansen stand kurz davor, die Beherrschung zu verlieren. „Wie bedauerlich! Sollen wir Ihren Psychiater anrufen?"

„Nee, aber Sie können mich in Ruhe lassen!"

„Genau das werden wir nicht tun! Sie wissen, wo Fischer ist. Sie haben schliesslich die letzten Jahre als sein Handlanger gearbeitet."

„Ich war Bodyguard!"

„Nennen Sie es, wie Sie wollen. Wenn Sie Ihre Haut retten wollen, dann sagen Sie uns, was Sie von Fischer wissen. Das ist das einzige, was uns interessiert!"

„Ich hätte da eine interessante Information für Sie. Damit kriegen Sie Fischer wegen mehrfachen Mordes dran."

„Aha", sagte Bernd Hansen skeptisch. Er war bemüht, sich seine Spannung nicht anmerken zu lassen. Sollten sie auf der richtigen Spur sein, oder bluffte Vogel nur?

„Herr Kommissar, ich weiss, was ich sage. Aber, was springt für mich dabei raus?"

\*\*\*

„Steig ein und lass dich überraschen", sagte Markus gerade.

Am Abend zuvor waren sie beide in Hamburg eingetroffen.

„Hm, ich bin ja gespannt, was du vorhast", erwiderte Julia.

Unterwegs fragte sie: „Willst du nach Lokstedt?"

„Wieso?"

„Es sieht so aus."

„Keine Ahnung", er lächelte und sah zu ihr hinüber.

Als sie durch das Tor der BMW-Niederlassung
fuhren, fragte Julia: „Was machen wir hier?"

„Komm mit", erwiderte er, „ich will dir etwas zeigen."

Er ging mit ihr in einen Verkaufsraum, sagte:
„Warte bitte einen Moment, ich bin gleich wieder da",
und ging zu einem Mitarbeiter. Kurze Zeit später kamen die beiden Männer zurück.

„Frau Neuhaus, darf ich mich vorstellen? Mein
Name ist Jochen Berger," sagte der Mitarbeiter zu
Julia und gab ihr die Hand.

„Guten Tag, Herr Berger", erwiderte Julia überrascht.

„Würden Sie bitte mitkommen?" Er ging voraus.

In diesem Augenblick kam Julia ein schrecklicher
Gedanke. Fragend sah sie Markus an, aber der lächelte nur.

In einem Nebenraum stand ein neuer 3er BMW in
royalrot.

„Hmmm", Julia war hin- und hergerissen, „ist der
schön. Und diese Farbe!" Sie sah sich das Auto von
allen Seiten an. Am Heck sah sie dann den Aufkleber
'320 d'.

„Der Wagen hat 136 PS, 1997 ccm Hubraum,
Stahlschiebedach, Automatikgetriebe und alles, was
das Herz sonst begehrt. Das es ein Diesel ist, haben
Sie ja bereits gesehen. Eine gute Wahl, bei *den* Be-
zinpreisen", sagte der Mitarbeiter gerade.

„Wollen Sie sich nicht mal hineinsetzen?" fragte er dann.

Julia sah Markus an, der lächelte.

„Den hast du für mich bestellt?" Julia wusste, dass BMW ausschliesslich auf Bestellung produzierte, nie 'auf Halde'.

„Das ist nicht dein Ernst?" fragte sie ihn.

„Doch. Ich möchte nicht, dass du je wieder durch eine eiskalte Winternacht läufst."

„Aber Markus, so ein Wagen kostet mit Automatikgetriebe weit über fünfzigtausend Mark."

„*Darum* geht es jetzt überhaupt nicht", erwiderte er sanft.

„Doch, genau darum geht es." Julia drehte sich zu dem Mitarbeiter. „Herr Berger, würden Sie uns wohl bitte einen Augenblick allein lassen?" Der nickte und ging hinaus.

„Du bist verrückt, weisst du das? Ich will nicht, dass du mir so etwas Teueres schenkst."

„Es macht mir aber Spass. Obwohl ...", er machte eine kleine Pause, „deine Reaktion habe ich mir irgendwie anders vorgestellt."

Julia wusste, dass sie bedachtsam sein musste, wollte sie ihn jetzt nicht kränken.

„Entschuldige, ich bin wirklich total überwältigt. Der Wagen ist ein Traum, *mein* Traum, aber ...", sie trat vor ihn und sah ihn an. „Ich möchte, das es ein Traum bleibt."

„Muss ich das jetzt verstehen?"

„Ich finde es *so lieb* von dir, dass du mir *so* ein Geschenk machen willst, aber - ich möchte das nicht. Wenn du mir etwas Gutes tun willst, dann miete mir einen 850i für ein Wochenende, da bin ich restlos zufrieden. Aber so ein teueres Auto..., bitte nicht, Markus. Tu uns das nicht an."

„Ich verstehe dich nicht ... oder doch, denkst du..." er holte tief Luft: „Denkst du, ich wollte *dich* damit kaufen?"

„Ach, Quatsch,", erwiderte Julia entschieden. „Ein bisschen kenne ich dich ja nun auch schon. Nein, aber ... ich versuche ständig zu ignorieren, dass du so reich bist..."

„Wieso denn das?", unterbrach er sie erstaunt.

„Das werde ich dir bei Gelegenheit erklären, aber nicht jetzt und nicht hier in diesem Autohaus. Bitte, sag dem Berger, dass ich den Wagen nicht will, oder, dass ich es mir anders überlegt habe, sag irgendwas. Die werden einen neuen 3er sofort wieder los."

„Was bleibt mir anderes übrig", er seufzte. „Aber verstehen kann ich dich nicht."

Julia sah ihn nur an und sagte nichts.

Auf der Rückfahrt war Markus sehr schweigsam.

Auch Julia redete nicht viel. Es war ihr schon ziemlich schwergefallen, diesen Traum von einem Auto abzulehnen, aber sie wollte von Markus keine Geschenke in dieser Grössenordnung. Das musste sie ihm jetzt nur noch verständlich machen. Wenn sie doch nur gewusst hätte, wie sie das tun sollte.

Sie nahm sich vor, ihm einfach die Wahrheit zu sagen.

„Trinkst du ein Glas Wein mit mir?" fragte Julia deshalb, als Markus die Auffahrt zu seinem Anwesen hinauffuhr.

„Warum nicht?"

Als sie später auf der Ledercouch sassen, stiess Julia mit Markus an und sagte: „Sei mir nicht böse."

„Ich bin dir doch nicht böse. Ich verstehe es nur nicht."

„Ich versuch jetzt mal, es dir zu erklären, ja?"

Markus nickte. Julia zündete sich eine Zigarette an.

„Es wäre alles einfacher, wenn du nicht reich wärst."

„Wieso denn das?"

„Das ist ganz einfach." Sie nahm seine Hand und sah ihn an.

„Du weisst, dass ich dich liebe, und das es mir egal ist, wie alt du bist. Ich möchte aber nicht, dass du dich auch nur *einen Moment* lang fragst, ob ich nicht vielleicht nur wegen deines Geldes bei dir bin. Nicht einen Augenblick lang darfst du *deswegen* an unserer Beziehung zweifeln, das könnte ich nicht ertragen. Es wird genug Leute geben, die das vermuten werden, doch damit kann ich leben. Aber ich möchte, dass du es besser weisst, verstehst du das?"

Er nahm ihre Hand in seine Hände und küsste sie.

„Du bist das ungewöhnlichste Mädchen, das ich kenne."

„Wie schön für mich", sagte Julia leise.

Kurze Zeit später fragte Markus: „Hättest du etwas dagegen, meine Freunde kennenzulernen? Ich würde sie gern mal zu uns einladen."

„Ja, prima Idee, und ich koch' uns was Schönes."

„Aber das kann doch Charles..." er brach ab. Als er ihren Blick sah, lachte er und sagte: „Gut, vergiss es, du kochst.

Wie warten mit der Einladung, bis dein Gips entfernt ist, einverstanden?" Julia nickte.

Hätte einer von ihnen in diesem Augenblick in die Zukunft schauen können, er hätte die Idee zu dieser Einladung sofort fallengelassen. So aber nahm das Schicksal seinen Lauf.

\*\*\*

In den nächsten vierzehn Tagen sahen sie sich beide nach einem neuen Haus um. Das war nicht so einfach, denn was Markus gefiel, war Julia zu pompös, und ihre Favoriten fand er zu schlicht. Am Abend vor dem Besuch von Markus' Freunden sagte er: „Ich werde mal morgen mit den Herren reden, die kennen bestimmt noch das eine oder andere Objekt, das wir noch nicht gesehen haben."

Julia wurde ganz kalt: „Soll das heissen, alle deine Freunde sind Immobilienmakler?"

Markus sah sie erstaunt an: „Nicht alle, Jürgen ist Broker, aber Herbert, Klaus und Theo arbeiten in meiner Branche."

'Na toll', dachte Julia im stillen. 'Drei Immobilienhaie und ein Banker, alle aus dem Westen. Hoffentlich geht das gut.'

Sie nahm sich vor, um Markus willen, auf provozierende Fragen nicht zu reagieren und lieber zu schweigen, als sich aufzuregen. Sie nahm es sich vor, ob es ihr gelingen würde, war noch die Frage.

Der Abend begann dann auch ganz entspannt.Die Gäste hatten Julia wunderschöne Blumensträusse mitgebracht. Nachdem Markus alle miteinander bekannt gemacht hatte, tranken sie zur Begrüssung einen Champagner-Cocktail, dann bat Julia zu Tisch.

Sie hatte ihre Spezial-Käsesuppe gekocht, anschliessend gab es 'Boeuf Bourguignon', ein französisches Goulasch, mit Wildreis. Zum Dessert hatte sie eine Schokocreme gemacht, in die in Cognac eingelegte Kirschen kamen. Die Männer waren begeistert und Markus sagte: „Jetzt weiss ich, warum Charles nicht kochen sollte."

Sie redeten über alles mögliche, und als Markus andeutete, dass er für sie beide ein neues Haus suchen würde, kamen die Herren erst richtig in Fahrt. Irgendwann, im Lauf des Abends kamen sie auch auf politische Themen zu sprechen und Herbert Meister fragte Julia: „Was sagen Sie denn zu der Kohl-Affäre?"

„Jeder kriegt, was er verdient", erwiderte Julia ruhig.

„Es überrascht mich, dass Sie das sagen."

„Das muss Sie nicht überraschen. Ich bin ein Kind des Ostens und werde es auch immer bleiben."

„Dann erstaunt mich Ihre Antwort umso mehr. Gerade für den Osten hat doch Herr Dr. Kohl soviel getan."

„Ja, was denn? Das fragen wir uns immer wieder, seit zehn Jahren. 'Was hat Herr Kohl für die deutsche Einheit getan?' Soll ich es Ihnen sagen? *Gar nichts!* Er ist buchstäblich von der Geschichte überrollt worden. Es war eine Ohrfeige für engagierte Politiker wie

Willy Brandt, Egon Bahr, Richard von Weizsäcker
oder Hans Dietrich Genscher und auch eine Ohrfeige
für 16 Millionen Ostdeutsche, seiner Autobiographie
den Titel zu geben 'Ich wollte die deutsche Einheit'.

Im Verteidigungsministerium gab es Unterlagen,
was zu tun sei, falls die DDR oder die Russen einen
militärischen Angriff auf die Bundesrepublik starten
würden. Im Ministerium für innerdeutsche Beziehungen gab es keinerlei *aussagekräftigen* Unterlagen
darüber, was eigentlich zu tun sei, wenn die Mauer
wirklich fallen würde - so sah es nämlich aus!"

„Ich finde, Sie sind ziemlich undankbar", erwiderte Meister.

„Undankbar? Wofür sollen wir dankbar sein? Ich
kann es nicht mehr hören! Für die 100.-DM Begrüssungsgeld, die gleich im Westen in Kaufhäusern und
Märkten geblieben sind? Für die Millionen von Mark
für den Aufschwung Ost? Ich gehe jede Wette ein,
dass 85% davon in die Taschen von Westfirmen, Spe-
kulanten und anderen cleveren Geldhaien geflossen
sind. Also, wofür sollen wir uns dann bedanken? Für
diesen *tollen* Einigungsvertrag, den der eiskalte Rech-
ner Schäuble aufsetzen liess und den der naive Ossi
Krause ahnungslos unterschrieben hat? Wenn Sie als
Immobilienmakler arbeiten, dann brauchen wir darüber nicht mehr reden.

Ja, wofür könnte man sich noch bedanken bei
Herrn Kohl? Für die versprochenen blühenden Land-
schaften? Eberswalde, mein Heimatort, hat eine Ar-
beitslosenrate von über 20%, ist doch toll, oder? Wir
waren immer eine Industriestadt. Jetzt ist der Touris-
mus der einzige Wirtschaftszweig, der uns geblieben

ist. Brandenburg kommt nicht auf die Füsse, weil die Ausdehnungen des Landes so gross sind und weil die Landwirtschaft heute keine Erträge mehr bringt. Irgendein Wirtschaftsfachmann hat kurz nach der Wiedervereinigung verkündet, dass der Westen seine Produktion nur um 10% steigern müsste, um den gesamten Markt im Osten abzudecken. Ist das nicht toll?

Tja, was finden wir noch, wofür wir Herrn Kohl dankbar sein müssten? Dafür, dass meine Kollegen im öffentlichen Dienst zehn Jahre nach der Wende immer noch mit 86% ihres Westgehalts nach Hause gehen müssen, gleichzeitig aber die Kosten für Miete, Gas und Strom *weit über* dem Bundesdurchschnitt liegen? Dass Angestellte in der freien Wirtschaft ohne Tariflohn und ohne Arbeitsverträge bis zum Umfallen schuften und es nicht wagen, zu protestieren, weil schon der nächste auf ihren Job wartet? Dass unsere Frauen, die daran gewöhnt sind, zu arbeiten, erst recht keine Jobs finden? Dass unsere Rentnerinnen, die ihr Leben lang geschuftet haben und neben ihrer Arbeit auch noch drei und vier Kinder grossgezogen haben, sich jetzt rechtfertigen müssen, weil ihnen im Gegensatz zu einer West-Seniorin, die vierzig Jahre lang ihre Fingernägel poliert hat, eine angemessene Rente zusteht?

Erzählen Sie mir also bitte nicht, Herr Kohl wollte die deutsche Einheit aus reiner Menschenfreude. Wir wissen jetzt, dass die Wirtschaft das Geld gegeben hat, damit der Einigungsvertrag so wird, wie er geworden ist. Denen konnte doch gar nichts Besseres passieren, als dass von heute auf morgen 16 Millionen Konsumenten vor der Tür stehen, die von der letzten

Schrottkarre bis zum billigsten Woolworth - Nachthemd alles kaufen, was ihnen vor ihre naiven Augen
kommt.

Dazu kommen noch 108.000 Quadratkilometer
schönstes Land, mit unvergleichlichen Natur- und
Kulturschätzen, kostenlos mitgeliefert."

Julia schwieg. Sie hatte sich gar nicht so in Rage
reden wollen. Doch Meister hatte sie provoziert und
er schien es zu geniessen, das weiter zu tun, denn er
fragte:

„Was stört Sie denn am Einigungsvertrag? Sie wären ohne ihn heute auch nicht hier."

Julia zwang sich, einigermassen ruhig zu bleiben.
„Sie fragen mich ernsthaft, was mir am Einigungsvertrag nicht gefällt? Die Klausel 'Rückgabe vor Entschädigung' ist ja wohl das Allerletzte!"

„Das verstehe ich jetzt aber auch nicht", mischte
sich Jürgen Mieling ein.

„Also gut", Julia holte tief Luft. „Ich wollte eigentlich nicht, dass der Abend diesen Verlauf nimmt, aber
bitte. Mit welchem Recht sollen Alteigentümer, die
sich Jahrzente nicht um ihren Grund und Boden
gekümmert haben, den zurückbekommen?"

„Weil er ihr Besitz ist", warf Mieling ein.

„Wie bitte? Weil er ihr Besitz ist? Das ist doch
wohl nicht ihr Ernst!?"

Markus, der bis jetzt geschwiegen hatte, sagte:
„Die DDR hätte den Boden nicht an ihre Bevölkerung
verkaufen dürfen, er gehörte ihr doch nicht."

Julia wurde plötzlich schlecht. In den ganzen letzten Wochen, die sie Markus nun kannte, hatte sie mit
diesem Augenblick gerechnet. An dem Abend, als er

ihr gesagt hatte, er sei Immobilienmakler, hatte sie diese Diskussion bereits vorhergesehen. Es schien ihr, als würde er sich plötzlich meilenweit von ihr entfernen.

Sollte ihre Beziehung heute abend wegen dieser hirnrissigen Diskussion in die Brüche gehen, fragte sie sich, und dachte im selben Moment, dass es schon deshalb keine hirnrissige Diskussion war, weil Menschen inzwischen ihre Existenzen verloren hatten.

Sie sah Markus an und hatte das Gefühl, ihr würde das Herz herausgerissen. „Bist du wirklich dieser Meinung?"

Er schien zu spüren, das irgend etwas passiert war, wusste aber nicht, was. „Ja", erwiderte er.

Julia wusste nicht, was sie tun sollte. Würde sie ihm jetzt die Antwort geben, die ihr auf der Zunge lag, würden sie sich das Streiten kriegen, jetzt und hier, lange und böse, noch dazu vor seinen Freunden. Das wollte sie auf keinen Fall.

„Lass uns ein andermal darüber reden. Nicht heute abend", versuchte sie ihm auszuweichen.

„Ich würde aber auch gern wissen, was Sie falsch daran finden, wenn die Besitzer, das, was ihnen zusteht, zurückfordern", warf Herbert Meister ein.

„Also gut", Julia wusste jetzt, das sie das Geschehen nicht mehr aufhalten konnte. Sie hatte fünfundzwanzig Jahre in ihrem Teil des Landes gelebt, sie fühlte und war eine aus dem Osten und wollte es auch bleiben. Plötzlich hasste sie diese selbstgerechte Zufriedenheit der Männer, die ihr gegenüber sassen. Sie hatten sich höchstwahrscheinlich in den letzten Jahren durch den Einigungsvertrag eine 'goldene durch den Einigungsvertrag eine 'goldene Nase' verdient.

„Was heisst denn hier, die Besitzer?" fragte sie provokant.

„Diese Leute sind von der Bundesregierung entschädigt worden. Und ausserdem, die DDR war ein souveräner Staat. Herr Kohl stand neben Herrn Honecker, als sie in Bonn unsere, als sie die DDR-Nationalhymne spielten. Die Gesetze der DDR wurden anerkannt, auch und gerade von der Bundesregierung. Das kann man doch nicht alles von heute auf morgen für null und nichtig erklären. Mag sein, dass die DDR-Regierung den Boden nicht hätte verkaufen dürfen. Sie tat es aber, und diese Entscheidung muss man akzeptieren. Den Streit darüber, ob das falsch war oder nicht, kann man doch nicht auf den Rücken von Millionen Eigenheimbesitzern, Grundstücksnutzern, Garagen- und Gartenpächtern austragen. Das ist doch Wahnsinn!"

Julia trank einen Schluck. „Wissen Sie, was das Schlimmste an diesem Land ist? Dass das Grundbuch höher gehalten wird als das Grundgesetz!

Man kann ein Kind misshandeln, eine Frau vergewaltigen oder töten, und wird milde bestraft. Hat aber jemand Steuern hinterzogen oder Gelder der Bank unterschlagen - hat er also der Gesellschaft zwar einen Schaden zufügt, sich aber nicht an menschlichem Leben vergangen, wird er trotzdem knallhart bestraft. Das kann doch nicht normal sein. In was für einer Gesellschaft leben wir, die so etwas zulässt?

Richard von Weizsäcker hat einmal gesagt: 'Der Verfall einer Gesellschaft beginnt dann, wenn der

Einzelne fragt: „Was wird geschehen?" und nicht „Was kann ich tun?"' Was denken Sie, wo wir heute stehen?"

Keiner der Männer sagte etwas. Markus sah sie völlig entgeistert an. Sie wusste, dass es damit zu Ende war. Sie hatte es die ganze Zeit gewusst, irgendwo, tief in ihrem Inneren. Am liebsten wäre sie in Tränen ausgebrochen.

Mühsam riss sie sich zusammen, sah Markus an und sagte: „Gibst du mir bitte einen Cognac?"

„Ich glaube, den können wir jetzt alle vertragen", versuchte Jürgen Mieling die Situation zu retten.

Nachdem sie einen Schluck getrunken hatten, sagte Julia: „Um das Gespräch zu beenden und Ihre Frage zu beantworten, wem wir die Wiedervereinigung zu verdanken haben, sage ich Ihnen folgendes: wir verdanken sie in erster Linie Michail Gorbatschow, der nicht eingeschritten ist, als es brenzlig wurde für Honecker & Co. Und das hat Gorbatschow ganz sicher nicht getan, weil ihn der damals schon scheintote Präsident Reagan dazu vor der Mauer aufgefordert hat, sondern weil er einen ungeheuren Weitblick und ein Gespür für geschichtliche Entwicklungen hatte. Weiterhin verdanken wir die Wiedervereinigung vor allem den Werftarbeitern und Bergleuten in Polen; Leuten wie Genscher und Brandt; den Politikern in Ungarn und Tschechien, und, und das nicht zu vergessen, auch den Sachsen mit ihren Montagsdemonstrationen.

Und ob Sie es glauben oder nicht, dass das ganze Geschehen so unblutig über die Bühne gegangen ist, verdanken wir auch Egon Krenz. Bei mir zu Hause finden es viele falsch, dass er verurteilt wurde, weil die wahren Schuldigen tot oder senil sind. Krenz war ein paar Wochen vorher, im Juni '89 in China gewesen und hatte die blutige Niederschlagung des Aufstands der chinesischen Studenten gutgeheissen. Ich war damals 25, auch Studentin, und wir hatten alle Panik, dass sich diese Zustände auch in der DDR durchsetzen würden. Am Abend des 9. November hatte Krenz die Macht, auf die Menschen, die sich vor den Grenzübergängen versammelt hatten, schiessen zu lassen. Armee und Stasi sowie die gesamte Polizei waren in höchster Alarmbereitschaft. Doch er tat es nicht. Und bitte bedenken Sie, bei uns herrschte keine Demokratie. In einem totalitären System, wie es der DDR-Staat war, hätte er nicht mal befürchten müssen, sich anschliessend für diese Schüsse rechtfertigen zu müssen. Sehen Sie nach Jugoslawien. Mitten im Herzen Europas haben Massenmörder Tausende von Menschen getötet und bis heute sind sie nicht verurteilt worden.

*Sie* haben nie ein totalitäres System kennengelernt, in dem Menschen abgeholt wurden und nach Monaten, Jahren oder manchmal nie wieder zu ihren Familien zurückkamen. Es ist einfach, aus der Bequemlichkeit und Sicherheit des eigenen Lebens heraus das anderer zu beurteilen. Das sollten Sie nicht tun.

Solange die Menschen im Westen nicht wissen wollen, wie der Osten wirklich war, solange aber auch der Osten denkt, im Westen ist das Schlaraffenland, solange werden wir von einer inneren Wiedervereinigung nur träumen. Es ist gut, dass Willy Brandt nicht mehr sieht, dass das, was zusammengehört, überhaupt nicht zusammengehören will."

Julia trank ihren Cognac aus, stand auf und sagte: „Bitte entschuldigen Sie mich jetzt, ich möchte nach oben gehen."

Sie sah Markus nicht an, und schon auf der Treppe merkte sie, wie ihr die Tränen in die Augen stiegen.

Kurze Zeit später verabschiedeten sich die Männer. Markus brachte sie hinaus. Als er zurückkam, stand Julia mit einer Reisetasche vor ihm. „Ich habe Charles gebeten, mir ein Taxi zu rufen. Ich möchte in meine Wohnung."

„Warum tust du mir das an?" fragte er leise.

„Ich wollte das nicht, glaub mir. Aber ich kann diese Einstellung nicht ertragen. Und ich kann nicht aus meiner Haut. Und ich will es eigentlich auch nicht. Nenn mich kompromisslos oder stur, aber du lebst in einer anderen Dimension. All das hier", mit einer Handbewegung umschloss sie das Haus, „das macht mir Angst."

„Ich werde nie verstehen, wieso es dich stört, dass ich reich bin."

„Ich habe schon versucht, es dir zu erklären. Es gibt aber noch einen anderen Grund...", sie stockte. Sie wusste, dass sie ihm gleich weh tun würde, und ein Teil von ihr wollte das auf keinen Fall. Der andere Teil aber wollte, das sie es aussprach.

„Weil du nicht durch deiner Hände Arbeit reich geworden bist. Das ist es, was mich stört. Du hast keine Niederlagen hinnehmen, keine Anstrengungen, keine physischen und keine grossartigen psychischen Leistungen vollbringen müssen. Du hast eine Immobilie von A nach B verkauft, manchmal nur durch einen Telefonanruf, und dann die satte Provision eingestrichen. Entschuldige, aber das ist doch pervers." Julia war froh, dass sie wütend war, denn mit diesem Satz hatte sie Markus getroffen. Sie sah, wie er zusammenzuckte und einen Augenblick lang überlegte sie, ob sie ihn nicht einfach umarmen und sich entschuldigen sollte. Da sie jedoch wütend war, verstrich der Moment. Sie gab ihm die Hand und sagte: „Danke für alles", dann ging sie hinaus.

Markus stand da wie betäubt. Das konnte doch alles nicht wahr sein, was sich hier abspielte. Er wollte ihr nachgehen, sie zurückholen, sich entschuldigen - und tat es dann doch nicht.

\*\*\*

Am folgenden Wochenende fuhr Julia zu ihren Eltern. Sie erzählte ihnen alles, weinte viel und war völlig aufgelöst. Besonders Julias Vater war betroffen von der Reaktion seiner Tochter. Während ihres üblichen Spazierganges sprach er deshalb noch einmal mit ihr: „Meinst du nicht, du warst ein bisschen zu rigoros?"

„Wieso, du selbst hast mir immer wieder gesagt, egal, was ich tue, meine Selbstachtung darf ich dabei nicht verlieren."

„Das ist ja richtig, Tochter. Aber", er blieb stehen und sah sie an, „ich glaube nicht, dass es um deine Selbstachtung ging."

„Sondern?"

„Du hast Partei ergriffen, für die Menschen hier - das ist ja auch sehr schön und ehrt dich, aber, du hast zu wenig an dich selbst gedacht."

„Na toll, Papi, die typische Wessi-Einstellung. Du hast mir doch gesagt, dass wir niemals so werden wollen: nur uns selbst zu sehen und uns nicht dafür zu interessieren, was mit dem Nachbarn passiert."

„Das ist ja alles richtig. Trotzdem hast du einen Fehler gemacht."

„Welchen?"

„Du hast alles pauschalisiert. Du weisst doch gar nicht, ob Herr Baumgartner eine ebenso miese Berufsauffassung hat, wie *wir* sie von Immobilienmaklern kennen. Du weisst auch nicht, ob er nicht bei Rückführungsansprüchen versucht hat, Kompromisse zu finden, die beiden Seiten gerecht wurden. Davon hast du doch überhaupt keine Ahnung, oder?"

„Nein."

„Na, siehst du. Vielleicht tust du ihm ja bitter unrecht. Und Tochter, ich sag dir noch etwas: Wenn du diesen Mann so sehr lieb hast, und deinen Tränenbächen nach zu urteilen, scheint es so zu sein, dann mach den ersten Schritt. Denk nicht an all das, was sich hier bei uns täglich abspielt, denk an dich."

„Ich hätte nie gedacht, dass du mir sowas jemals sagen würdest."

„Tja", Herr Neuhaus lächelte, „purer Eigennutz. Ich will mein Kind glücklich sehen, das ist alles. Und ich gebe dir noch etwas mit auf den Weg: hin und wieder gibt es Zeiten im Leben, in denen man sich von dem einen oder anderen seiner Prinzipien verabschieden sollte."

Sie sah ihn so erstaunt an, das er lachen musste: „Ja, glaub deinem alten Vater: Ich hab es ausprobiert und es hilft ungemein."

Sie gab ihm einen Kuss auf die Wange und sagte: „Ich weiss schon, warum ich dich damals immer heiraten wollte."

Drei Tage später fand Markus ein kleines Päckchen in seiner Post. Darin lag, wunderschön verpackt, die neue CD von Celine Dion 'All the way' und ein kleiner Zettel von Julia: „Celine drückt es besser aus, als ich es je könnte. Wenn Du Dir den Titel 'I want you to need me' anhörst, denk an mich. Julia."

Am Abend wartete er auf der anderen Strassenseite, bis Julia den Laden abgeschlossen hatte. Als sie sich umdrehte, stand er vor ihr. Sie sah ihn nur an und fiel ihm um den Hals.

„Markus, es tut mir so leid, ich habe mich unmöglich benommen", sagte sie leise. Er hielt sie ganz fest. „Ich möchte dich nie wieder verlieren, weisst du das?" Er spürte, dass sie nickte.

„Danke für das Lied", sagte er dann. Er sah sie an. „So etwas Schönes hat mir noch niemand geschenkt."

„Du hast es verdient", erwiderte Julia. „Es tut mir leid, dass ich das auch nur einen Moment vergessen konnte."

„Ist schon in Ordnung. Komm, jetzt fahren wir zu unserem Spanier. Ich habe plötzlich einen Mordshunger", antwortete er.

Als er ihr dann gegenüber sass, fiel ihr auf, wie schlecht er aussah; so als habe er in den vergangenen Tagen weder gegessen noch geschlafen. Brauchte sie überhaupt noch eine Bestätigung, welche Gefühle Markus für sie hegte, sah sie es jetzt deutlich. Sie schämte sich, dasss sie ihm diesen Kummer bereitet hatte. Sie nahm seine Hand, sah ihn an und sagte: „Ich möchte mich bei dir entschuldigen. Ich wollte dir nicht weh tun." Er führte ihre Hand an seine Lippen und küsste sie.

„Das weiss ich doch. Ich muss mich auch bei dir entschuldigen." Mit Schrecken hatte er bemerkt, dass sie aussah, als hätte sie die ganzen letzten Tage nur geweint.

Nach dem Essen zündete er für sie beide je eine Zigarette an, und Julia sagte: „Ich konnte an diesem Abend irgendwie nicht aus meiner Haut, dabei hatte ich mir fest vorgenommen, mich nicht provozieren zu lassen."

„Du hast diesen Streit vorhergesehen?" fragte Markus überrascht.

„Ja, natürlich. Ich habe diese Diskussionen in den letzten Jahren einfach zu oft erlebt. Glücklicherweise gibt es in beiden Teilen des Landes jedoch auch noch eine Menge Leute, die sich für die andere Seite interessieren, die sie besuchen und den Menschen zuhören. Sonst könnte man ja wirklich verzweifeln.

Weisst du, meine Eltern, ihre Freunde und alle, die ich in Brandenburg kenne, haben bisher mit Immobilienmaklern extrem schlechte Erfahrungen gemacht, davon habe ich mich leiten lassen. Das tut mir auch leid, wirklich. Ich weiss, dass du nicht so bist."

„Woher?", fragte er lächelnd.

„Also, ein bisschen kenne ich dich ja nun auch schon. Umso mehr tut es mir leid, dich so verletzt zu haben. Ich weiss nicht, was mit mir los war."

„Komm, hör auf, die laufend zu entschuldigen. Ich bin ja auch nicht ganz unschuldig an der Sache. Für mich ist das Privateigentum eine *so* heilige Kuh, dass ich nie darüber nachgedacht habe, dass andere Menschen dazu eine ganz andere Einstellung haben könnten, verstehst du?"

„Ja, klar."

„Also, dann", er hob sein Glas. „Lass uns darauf trinken, dass wir noch viel voneinander lernen können."

„Wunderbare Idee", nickte Julia.

*** 

„Erinnern Sie sich noch an den Oktober '96, als die Maschine der 'Vienna Air' über dem Elbsandsteingebirge abgestürzt ist?" fragte Dieter Vogel.

„Ja, natürlich, so etwas vergisst man nicht. Über dreissig der knapp fünfzig Passagiere starben damals dabei", erinnerte sich Pit Petersen.

Sie sassen mit Vogel im Vernehmungsraum. Er hatte um dieses Gespräch gebeten, und darum, dass Petersen daran teilnahm. Hansen hatte er wichtigtuerisch verraten, dass er eine „sensationelle Neuigkeit" für die Polizei hätte.

Jetzt liess er die Bombe platzen: „Ja, dass war Fischer."

„*Wie bitte?*" Petersen verlor seine Beherrschung. „Was reden Sie denn da für einen Mist!?"

„Echt, Kommissar, das war Fischer. Wirklich! Mann, ich war damals sein Leibwächter, ich habe alles mitbekommen."

Hansen und Petersen sahen sich fassungslos an. Das warf ein völlig neues Licht auf das damalige Geschehen.

„Sie wissen, was für Sie davon abhängt?" vergewisserte sich Hansen noch einmal.

„Ich weiss es, aber ich lüge nicht. Meinen Sie, ich will im Knast sitzen, während sich Fischer in der Karibik das Leben schön macht?"

Petersen schaltete das Diktiergerät an und sagte: „Erzählen Sie!"

Un das tat Dieter Vogel dann auch.

\*\*\*

Ungefähr zur gleichen Zeit kam Cornelia Baumgartner in Julias Geschäft. „Haben Sie einen Moment Zeit?" fragte sie sie.

„Ich habe in zwanzig Minuten Mittagspause", erwiderte Julia überrascht. „Wollen Sie solange warten?"

„Das vielleicht nicht gerade", erwiderte Cornelia, während sie sich in dem kleinen Laden umsah. Und während Julia sich noch fragte, ob die Ärgernisse jetzt weitergingen, sah Cornlia sie an, so als könne sie Gedanken lesen und ergänzte mit einem kleinen Lächeln: „Es ist ja kein zweiter Stuhl da. - Nein, ich komme in einer Viertelstunde wieder, einverstanden?"

Julia nickte.

Später sassen sie im Steakhaus am Gänsemarkt und stocherten in ihren Salaten herum. Julia fragte sich, was dieses Treffen zu bedeuten hatte, und Cornelia wusste plötzlich nicht mehr, ob sie nicht einen Fehler gemacht hatte, als sie in die Buchhandlung gegangen war. Aber so, wie die Situation im Moment immer noch war, konnte sie es auch nicht mehr ertragen. Ihr Vater ignorierte sie seit Wochen. Er gab ihr nicht mal die Gelegenheit, sich zu entschuldigen.

Sie riss sich zusammen, sah Julia an und sagte: „Ich ... es tut mir leid. Ich wollte nicht, dass Ihnen so etwas Schreckliches passiert."

„Ihre Einsicht kommt ziemlich spät, finden Sie nicht?" fragte Julia kalt. Es interessierte sie nicht, was diese Frau an Entschuldigungen vorzubringen hatte. Cornelia Baumgartner war entschieden zu weit gegangen, und Julia sah keinen Grund, das zu verzeihen.

„Ja, ich weiss..., ich war schrecklich eifersüchtig. Ihr habt beide so glücklich ausgesehen an diesem Abend ... ich wollte meinen Vater nicht teilen, und schon gar nicht mit Ihnen."

„Nettes Kompliment." Julia merkte, dass ihr Zorn zunahm. „Was wollen Sie also?"

„Ihnen sagen, dass es mir leid tut." Cornelia starrte auf den Tisch.

„Ach, und Sie denken, damit sei alles erledigt? Ich *fasse* es nicht!"

„Nein, äh, ich meine, ich weiss, ich bin zu weit gegangen..."

„Wirklich?" fragte Julia zynisch. „Was wäre eigentlich passiert, wenn Sie sich nur ein *bisschen* bei der Dosierung vertan hätten? Haben Sie darüber mal nachgedacht?"

„Ja, in der letzten Zeit sehr oft. Ich wollte Ihnen eigentlich nur einen kleinen Schrecken versetzen."

„Sind wir hier im Kindergarten, oder was? Sie als Apothekerin kennen doch wohl die Arzneien und ihre Wirkungen besser als jeder andere. Also erzählen Sie mir nicht, sie hätten das nicht alles geplant. Eine Frage: schmecken die Tropfen bitter?"

„Ja, äh, etwas."

„Na also, deshalb hatte ich bei den Getränken auch nur die Wahl zwischen Gin Tonic und Campari." Sie sah Cornelia an.

„Soll ich Ihnen etwas sagen: Sie widern mich an! Nur aus Rücksicht auf Markus habe ich auf eine Anzeige verzichtet. Wenn Sie nur einen Funken Charakter haben, dann gehen Sie selbst zur Polizei.

So, und jetzt entschuldigen Sie mich bitte. Ich muss zurück in die Buchhandlung. Ich hoffe, wir sehen uns nie wieder."

Mit diesen Worten stand Julia auf und ging hinaus.

Am Abend holte Markus sie vom Geschäft ab. Julia beschloss, ihre Begegnung mit seiner Tochter unerwähnt zu lassen. Deshalb sagte sie nur: „Schön, dass du gekommen bist."

„Ich habe eine Überraschung für dich", erwiderte er geheimnisvoll. Er fuhr mit ihr zum 'Atlantic'.

„Markus, was wollen wir denn hier?" Julia bekam einen Schreck. „Ich bin doch dafür überhaupt nicht angezogen."

„Komm mit", er nahm sie bei der Hand und sie gingen ins Hotel. Als sie im Restaurant sassen, bestellte er Champagner.

„Was ist denn bloss los?" fragte Julia, die immer neugieriger wurde.

„Wart's ab", erwiderte er und lächelte. Nachdem der Kellner den Champagner eingeschenkt hatte, erhob Markus sein Glas und sagte: "Lass uns anstossen."

„Worauf?"

„Darauf", damit gab er ihr einen Umschlag. Schnell öffnete Julia das Kuvert und las. Sie sah ihn an, wurde blass und stammelte: „Das kann doch nicht war sein!"

„Wieso?"

„Jetzt gehört *dir* also das Grundstück meiner Eltern, das gibt es doch nicht."

„Es kommt noch besser", lächelte er und zog einen zweiten Umschlag aus der Tasche. „Hier, lies das."

Julia hatte das Gefühl, ihr Herzschlag setze einen Moment aus. Markus hatte das Grundstück für *sie* gekauft. Im ersten Brief war ein Kaufvertrag gewesen und in diesem hier eine Schenkungsurkunde.

„Du bist doch völlig wahnsinnig", stammelte sie. „Das kann ich nicht annehmen..." Doch während sie die Worte aussprach, sah sie vor ihrem geistigen Auge ihre Eltern, und sie wusste, was diese Nachricht für die beiden bedeutete.

„Das kannst du doch nicht tun, das geht überhaupt nicht", stotterte sie, dann trank sie ihr Glas mit einem Schluck leer.

„Kann ich bitte noch etwas zu trinken bekommen?" fragte sie.

Markus füllte ihr Glas nach und amüsierte sich königlich. Er genoss es ungemein, ihr diese Freude bereitet zu haben. Er hatte nur ein bisschen Angst, dass es genauso wie mit dem BMW werden würde, und sie sein Geschenk möglicherweise ablehnen könnte.

Doch wieder überraschte sie ihn, denn sie sagte: „Es ist völlig verrückt, aber - ich danke dir von ganzem Herzen, auch im Namen meiner Familie. Allerdings möchte ich, dass du mir auch einen Gefallen tust." Er sah sie fragend an.

„Ich möchte, dass du das Geld annimmst, dass meine Eltern gespart haben. Sie hoffen ja seit Jahren darauf, das Land kaufen zu können. Mein Bruder und ich werden uns beteiligen. Grob geschätzt, und wenn dich der Alteigentümer nicht übervorteilt hat, sind das ungefähr zwei Drittel der Kaufsumme.

„Bitte", sie sah, dass er etwas sagen wollte. „Bitte, nimm es. Ansonsten kann ich keine Nacht mehr ruhig schlafen. Ein Drittel der Summe ist immer noch eine Menge Geld."

„Ich wollte ja nur sagen, dass du doch nicht glaubst, dass mich Herr von Frost übervorteilen konnte. Ein bisschen kenne ich die Branche ja nun auch."

„Richtig", sie lächelte. „Und, nimmst du an?"

„Ja, aber nur, weil ich nicht verantworten will, dass du nie wieder schläfst."

Sie stiessen erneut an und Julia sagte leise: „Ich habe dich sehr lieb."

„Ich dich auch", erwiderte er.

*\*\*\**

„Fischers ärgster Widersacher auf dem Kiez, Paul Jensen, war in dieser Maschine. Er wollte Fischer fertigmachen und hatte dafür fast ein Jahr lang Material gegen ihn gesammelt. Mit diesen Informationen konnte Jensen Fischer für immer ausschalten. Also musste Fischer dafür sorgen, dass Jensen Hamburg nie erreichen würde, und er musste das so clever anfangen, dass *ihn* damit keiner in Verbindung bringen würde.

Deshalb arbeitete einer von Fischers Leuten als Zimmerkellner in dem Hotel, in dem die Crew der Maschine wohnte.

Drei Stunden vor dem Abflug der letzten Maschine, die, die Jensen nehmen würde, brachte dieser Kellner den Piloten ihr Essen. Was genau Fischer damit gemacht hat, oder machen liess, weiss ich nicht. Das Ziel war jedenfalls, die Piloten auszuschalten. Und das ist ihm ja auch gelungen. Knapp eine Stunde nach ihrem Start stürzte die Maschine ab, und keiner wusste, wieso."

Fassungslso hatten Hansen und Petersen Vogels Bericht gelauscht. Damals, vor drei Jahren, waren alle Verantwortlichen völlig ratlos gewesen. Der Flugschreiber hatte nur ergeben, dass die Maschine ohne ersichtlichen Grund plötzlich an Höhe verlor, der Autopilot nicht richtig funktionierte, und sie dann buchstäblich vom Himmel fiel. Es hatte lange und intensive Untersuchungen gegeben, an der sich auch die Inhaber der Fluglinie beteiligten. Nach dem Absturz hatte 'Vienna Air' ihre anderen Maschinen einer umfassenden Testserie unterzogen, die auch nichts Neues brachte.

Jetzt wussten die Polizisten plötzlich, warum.

Am nächsten Morgen stand es in allen Zeitungen. Julia war allerdings ausgerechnet an diesem Tag nicht dazu gekommen, ihre zu lesen. Sie wunderte sich, dass Markus sie am Abend nicht abholte. Als sie sein Haus betrat, war er nirgends zu sehen. Auf dem Couchtisch lag das „Hamburger Abendblatt" und die Schlagzeile sprang Julia förmlich an:

'Flugzeugabsturz von Kiez-König verursacht!'

Sie überflog den Artikel und sah die Bilder, die irgendein Reporter aus dem Archiv ausgegraben hatte. Sie ahnte, was diese Fotos in Markus auslösen mussten, und begann sich zu sorgen. Wo war er? Jetzt sah sie auch das Fläschchen 'Valoron' auf dem Tisch stehen, kein gutes Zeichen. Sie ging in die obere Etage und öffnete leise die Tür zu seinem Schlafzimmer.

Es war total dunkel. „Markus?" fragte sie halblaut.

„Hm."

Sie ging zum Bett und legte sich vorsichtig neben ihn. Sie strich über seine Wange, als er ihre Hand in seine Hände nahm und sie festhielt. Er sagte kein Wort.

„Es kommt dir jetzt vor, als wäre alles erst gestern geschehen, nicht?" fragte sie flüsternd. Er sagte noch immer nichts, nur der Griff seiner Hände verstärkte sich. Sie küsste ihn und kuschelte sich dann an ihn. „Komm, es wird alles gut. Du weisst jetzt, dass du keinerlei Schuld hast", sagte sie leise, und nach einer kleinen Pause:

„Anna würde nicht wollen, dass du dich so quälst."
Sie küsste ihn noch einmal.

Er nahm sie in den Arm. „Versprich mir, dass du
mich nie verlässt", sagte er halblaut.

„Ich verspreche es, freiwillig niemals", erwiderte
Julia.

Anfang April flogen beide für ein Wochenende
nach Rom. Julia hatte Markus die Reise zum Geburtstag geschenkt. Ausserdem sagte sie, „sei es Zeit,
die alten Geister zu vertreiben."

Als das Flugzeug durch die Wolkendecke stiess,
brach sich das Licht der Sonne in den Diamanten von
Dorothea Neuhaus, die sie vor über fünfzig Jahren
von dem Mann, den sie liebte, geschenkt bekommen
hatte.

Heute trug Julia die Ohrringe ihrer Grossmutter
zum ersten Mal.

ENDE

# DANKSAGUNG

Vor allem möchte ich mich bei Kerstin Abboud bedanken, die mir als Apothekerin viele wertvolle Hinweise zur Dosierung von Schmerzmitteln, besonders von „Valoron" gegeben hat.

Eine grosse Hilfe waren mir der „Baedeker: Wien", aber auch Unterlagen der Stade Tourismus-GmbH und der Kurverwaltung Nordstrand.

Im Bemühen um exakte Recherchen trage ich jedoch für inhaltliche Fehler jeglicher Art allein die Verantwortung.

Das Bild von Heinrich Vogeler „Sommerabend auf dem Barkenhoff" <1905> befindet sich wirklich in Privatbesitz.


G. L., im April 2000